Shhh...
लड़के
रोते नहीं!

AF552952

निधि कौशिक

प्रकाशक

प्रभात प्रकाशन प्रा. लि.

4/19 आसफ अली रोड, नई दिल्ली-110002

फोन : 011-23289777 • हेल्पलाइन नं. : 7827007777

इ-मेल : prabhatbooks@gmail.com ❖ वेब ठिकाना : www.prabhatbooks.com

संस्करण

2026

पेपरबैक मूल्य

तीन सौ पचास रुपए

मुद्रक

आर-टेक ऑफसेट प्रिंटर्स, दिल्ली

———————— ★ ————————

LADKE ROTE NAHIN
Poems by Nidhi Kaushik

Published by **PRABHAT PRAKASHAN PVT. LTD.**
4/19 Asaf Ali Road, New Delhi-110002

ISBN 978-93-5521-606-9

₹ 350.00 (PB)

मेरे बेटे के लिए है,
क्योंकि उसके जन्म के बाद ही मैंने खुद में
इतनी हिम्मत महसूस की, कि मैं अपनी भावनाओं को
आप सबके सामने प्रस्तुत कर पा रही हूँ।

मेरी बात

जब मैंने इस पुस्तक को लिखना आरंभ किया था, तब मेरे पास कविता लिखने की कोई सोच नहीं थी। मुझे कविताएँ पढ़ना बचपन से पसंद है। खासतौर पर जब हिंदी पढ़ाते वक्त अध्यापिका कहती थी कि इस कविता के माध्यम से कवि कहना चाहते हैं कि और यह पंक्ति मुझे जादू की कोई ट्रिक लगती थी। मेरा अपरिपक्व दिमाग यह सोचने में लग जाता था कि लिखा कुछ और है और कहना कुछ और चाहते हैं, यह कैसा जादू है? यह तो मुझे भी सीखना है।

वह समय था, जब इंटरनेट भी नहीं था और मोबाइल फोन का अभाव था। ऐसे माहौल में जब भी मेरी अध्यापक किसी कवि का नाम लेती थी, मैं उसकी अद्‌भुतता पर आश्चर्यचकित हो जाती थी।

एक दिन जब मैंने अपने बेटे को रोते देखा तो मैं उसे चुप करवाते हुए कहने लगी कि 'Shhh...लड़के रोते नहीं' और इसके साथ ही एक सवाल भी खड़ा हो गया कि क्यों नहीं रोते लड़के? बस वहीं से एक कविता बनी और उसके बाद यह पूरी किताब आपके समक्ष है।

इस सफर में मेरे पति, मेरे परिवार का साथ सबसे महत्त्वपूर्ण रहा, क्योंकि उन्होंने मेरी हर कविता को सुना, समीक्षा की और प्रेरणा दी। मेरे कुछ खास दोस्तों, जो कि तीन-चार ही हैं, ने भी समय-समय पर मेरी कविताएँ पढ़ीं और अपनी प्रतिक्रियाएँ दीं, जो मेरे लिए अत्यंत महत्त्वपूर्ण रहीं।

इस सफर में मुझे कई रिश्तों का साथ मिला, जिनसे मेरा अनुभव और गहरा हुआ। मैं उन सभी लोगों की हृदय से आभारी हूँ, जिन्होंने मेरे साथ इस

सफर में हिस्सा लिया।

मेरी इस पहली पुस्तक को आप सभी के साथ साझा करने का मेरा यह सपना है कि आप इसे अपना प्यार देकर मुझे और ऊर्जा देंगे। धन्यवाद!

अनुक्रम

घर

जब भी छुट्टियों में घर जाता हूँ
थोड़ा घर बदल जाता है, थोड़ा मैं बदल जाता हूँ
पिता मुझे थोड़े बूढ़े नज़र आते हैं
मैं उन्हें थोड़ा बड़ा नज़र आता हूँ
माँ कुछ और भोली हो जाती हैं
मैं ख़ुद को और समझदार पाता हूँ
शिकायतें हर मुलाक़ात पर कम मिलती हैं
पर अब मैं उनका मौन समझ जाता हूँ
चेहरे पर झुर्रियाँ उनके बढ़ती हैं,
कंधे मैं अपने झुके हुए पाता हूँ
चलते वक़्त पैसे थमाकर कहते थे कि ख़र्चे की चिंता मत करना
अब यही बात घर छोड़ते वक़्त मैं दोहराता हूँ
हर छुट्टियों में माँ-बाप औलाद हो जाते हैं
और मैं थोड़ा-थोड़ा माँ-बाप हो जाता हूँ।

□

बेटे भी विदा होते हैं

जब घर का बेटा लादकर सामान
बड़े शहर कमाने जाता है
सारे परिवार का सिर फ़ख्र से ऊँचा हो जाता है
गाड़ी में बैठने से ठीक पहले जब वह पूरे परिवार
की ओर देख उनसे नज़रें मिलाता है
तो एक साथ इतनी आँखें नम देख उसका दिल भर आता है
पिता कुछ बीमार रहते हैं मालूम है उसे,
पर वो अपनी चिंता को ज़िंदगी की ज़रूरतों के आगे बेबस पाता है।
माँ से नहीं होते अब घर के काम सारे,
वो माँ के कंधे पर अपनी पकड़ मज़बूत कर,
उसे मजबूरियों का एहसास दिलाता है।

छोटों को गले से लगा बड़ों के पैर छूकर,
वो फिर हिम्मत कर कदम आगे बढ़ाता है,
गाड़ी जैसे ही बढ़ती है कुछ आगे,
एक सन्नाटा-सा दिलों में पसर जाता है,
एक फ़ीकी सी मुसकान सब पर डाल वो हवा में हाथ हिलाता है
ठीक उस वक़्त न चाहते हुए भी आँख के कोने से
एक आँसू उसके होंठों पर आकर दम तोड़ जाता है,
वो कसकर मूँद लेता है आँखें और

'मैं जल्दी आऊँगा' कहकर सबको विश्वास दिलाता है
कौन कहता है कि केवल बेटियाँ होती हैं विदा
बेटों को भी तो एक ही दहलीज़ से न जाने कितनी बार
नम आँखों से विदा किया जाता है।

□

Shh...लड़के रोते नहीं

जो बचपन में दौड़कर माँ की छाती से चिपक जाते हैं
ज़रा सी खरोंच आ जाने पर आसमान सिर पर उठाते हैं
कोई बुरा सपना आने पर सहमकर नींद से उठ जाने वाले वो लड़के
बड़े होकर किसी की ज़िंदगी को बुरा सपना कैसे बनाते हैं

लड़के रोते नहीं, लड़के शरमाते भी नहीं हैं
लड़कों को कौन सिखाता है
हम ही तो सिखाते हैं
फिर शिकायत भी हमें ही रहती है
जब वे पत्थर दिल हो जाते हैं
पर क्या सोचा है कभी
कि हम जैसी कोमल माँओं से पैदा होने वाले वे नन्हे-नन्हे फूल बड़े होकर सूखे पत्ते कैसे बन जाते हैं।

पर सवाल तो यह भी है कि
क्या पत्ते सूख जाने पर एहसास ख़त्म हो जाते हैं?

एहसास ख़त्म नहीं होते हैं
लेकिन ज़िम्मेदारी होती है उन सूखे पत्तों पर पूरे पेड़ की
इसलिए ख़ुद को मिटाकर नए पत्तों के लिए जगह बनाते हैं

मिल जाते हैं ठोकरों संग मिट्टी में एहसास सारे
फिर भी रोने को एक कंधा तक नहीं पाते हैं

पर सच कहूँ
तो लड़के डरते भी हैं, रोते भी हैं और शरमाते भी हैं
कहीं-न-कहीं हम जैसी कोमल माँएँ ही
उन्हें ये सारी भावनाएँ छिपाना सिखाते हैं

ज़माने भर के काँटों का सामना कैसे करेगा यह नन्हा सा फूल,
इस डर से हम उन्हें ज़िम्मेदारियों की बेड़ियों में जकड़कर कठोर बनाते हैं

तो चलिए, आज ही इस पुराने पेड़ की खोखली हो चुकी
जड़ों को उखाड़ डालते हैं
और इस समाज को एक लचीली टहनी बनाते हैं
जिस पर अपने बेटों के जज़्बात सूख जाने से पहले ही
उन्हें फूलों की तरह सहलाते हैं।

□

वक़्त

वक़्त ही सिखाता है
वक़्त ही भुलाता है
वक़्त ही स्थायी है
वक़्त ही मेहमान भी
वक़्त ही गुज़रता है
वक़्त ही ठहरता है
वक़्त ही नाज़ुक सा है
वक़्त ही बलवान भी
वक़्त ही तो क़ीमती है
वक़्त ही बिकता नहीं
वक़्त ही इंतज़ार है
वक़्त ही बीतता नहीं
वक़्त है फ़ुरसत मगर
वक़्त ही मिलता नहीं
वक़्त ही तो जीवन है
सबसे यह सँभलता नहीं।

□

लोग

ज़रा सा ऊपर उठने को न जाने कितना गिर जाते हैं लोग,
नज़रों से गिरकर कोई कहाँ उठ पाया है, ये भूल जाते हैं लोग।
झूठे अँधेरों में छिपाते हैं, किरदार अपने-अपने,
सच का सूरज निकलते ही गुम हो जाते हैं लोग।
खोदते हैं गड्ढे दूसरों को गिराने के लिए,
फिर अपने ही फैलाए दलदल में धँस जाते हैं लोग।
तुम्हारा हूँ, तुम्हारा हूँ कहकर जो भरोसा जीत लेते हैं,
पलक झपकते ही किसी और के हो जाते हैं वे लोग।
जो सपने, आत्मविश्वास, दिल, सब्र सब टूटने पर भी
अपनी औलाद का माथा चूमकर मुसकरा देती है,
उस स्त्री को कमज़ोर बताते हैं लोग।
बताते हैं लोग कि बहुत बड़े शायर हैं हम,
ज़रा सी वाह-वाह पाने को हमारी कही पंक्तियाँ दोहराते हैं लोग।

□

सब लिखते हैं

आज मन में ख़याल आया कि
चलो कुछ अलग लिखते हैं

फिर सोचा कि सबकुछ तो लिखा जा चुका है
और आजकल तो सभी लिखते हैं

कोई सच लिखता है आधा
तो कुछ पूरा झूठ लिखते हैं

चलो आज लिखें चाँद को बेवफ़ा
महबूब तो सब लिखते हैं

क्या कभी लिखी होगी सूरज की तपिश भी किसी ने
सर्दियों की धूप को आगोश तो सब लिखते हैं

आज रात लिख लेते हैं, उजले चेहरों के पीछे छिपी कालिख
अपने–अपने ख़्वाब तो सब लिखते हैं

राम–सीता के प्रेम की दास्ताँ लिखकर देखें क्या
वनवास और अग्निपरीक्षा तो सब लिखते हैं

क्या बीतती होगी रुक्मिणी और अयन* के दिल पर
जब युगों-युगों तक कृष्ण को राधा के संग लिखते हैं

फिर सोचा कि आज काग़ज़ खाली रहने दूँ, बना दूँ एक शांति पताका इससे
क्योंकि क्रांति तो सोशल मीडिया से लेकर अख़बार तक सब लिखते हैं

मुझे लिखनी है एक दिन अवाम की हक़ीक़त भी
सरकारों को नाकाम तो सब लिखते हैं।

---

*अयन—राधाजी के पति का नाम

□

विरासत

हम किस ओर जा रहे हैं, पता ही नहीं है,
दृष्टिहीन हो गए हैं या दिशा खो गई है।

ख़्वाहिशों के पीछे दौड़ रहे हैं,
अपनों से मुँह मोड़ रहे हैं।

लाखों दोस्त हैं सोशल मीडिया पर ये शान से बताते हैं,
दुःख में हो तो एक कंधे को तरस जाते हैं।

जानवरों के लिए अभियान चलाते हैं,
लड़की अकेली मिल जाए तो नोच खाते हैं।

बलात्कार करने वाले नज़रें तक नहीं झुकाते,
इज़्ज़त लुट गई कहकर, पीड़िता की पहचान छुपाते हैं।

मानसिकता पर हर रोज़ कैंची चल रही है,
और हम अमौलिकता का कारण लड़की के छोटे कपड़े बताते हैं।

हवा में धुआँ है, खाने में ज़हर है,
नसों में खून की जगह नशे का कहर है।

जंगल काटकर अख़बार छाप रहे हैं,
सुबह उसी अख़बार में जंगल के राजा की घटती संख्या पर ज्ञान बाँट रहे हैं।

फ़िल्टर शक्ल पर और अकल पर परदे ढक दिए गए हैं,
विश्वगुरु कहलाने वाले देश में फ़ैशन इन्फ़्लूएंसर भर दिए गए हैं।

नेता मरे तो भारत बंद, फिल्मी कलाकार मर जाए तो बड़े-बड़े प्रबंध,
पर अगर फ़ौजी शहीद हो जाए, तो हमले की कड़ी निंदा करके पल्ला झाड़ लेते हैं।

हर नुक्कड़, हर चौराहे पर धर्म का धंधा हो रहा है,
चंद लोगों की मानसिकता से मेरा देश गंदा हो रहा है।

अंग्रेज़ी में गाने बड़ी शान से गाते हैं,
हिंदी में बात करते हुए शब्द भूल जाते हैं।

15 अगस्त, 26 जनवरी को गाएँगे 'सारे जहाँ से अच्छा हिंदुस्तान हमारा',
बाकी 363 दिन दोहराएँगे 'बहुत असहिष्णुता है यार!'
यहाँ हमारे बच्चों का कैसे होगा गुज़ारा,
क्या यही विरासत छोड़कर जाएँगे।

□

लिखना आसान है

लिखना बहुत आसान है
अगर तुम्हें लिखना हो अपना दर्द-दुःख
तकलीफ़ें, उम्मीदें या सपने
बड़ी ही ख़ूबसूरती से लिख देते हैं, हम ग़म अपने-अपने
लेकिन बेहद मुश्किल हो जाता है लिखना,
जब हमें भरे पेट बैठकर लिखनी हो किसी की भूख
या फिर कूलर की हवा में बैठकर लिखनी हो
किसी के नंगे बदन पर पड़ती चिलचिलाती धूप
आरामदायक बिस्तर पर बैठकर हम नहीं लिख पाते,
नंगे पैर में काँटे सहकर गेहूँ की बालियाँ समेटता किसान
मुश्किल हो जाता है, जब स्त्री होते हुए
हमें लिखनी पड़ जाए पुरुषों की परेशानियाँ
या पुरुष होकर लिखना पड़ जाए स्त्री को अपने समान।

हाँ, बहुत आसान है लिखना बारिश को ख़ूबसूरत
बैठकर सीमेंट के पक्के मकानों में
एक बारिश मैंने देखी नन्ही पलकों से छलकते
जब उसके खिलौने बह गए नालों में,
नहीं लिख सकते हम हाथों में क़लम थामे हुए
अनपढ़ होने के नुकसान या यूँ कहूँ कि छीने गए अधिकार,

हम लिख लेते हैं निरक्षरता के नुकसान काली स्याही से सफ़ेद काग़ज़ पर
और छुपा देते हैं अँगूठे के निशान, जो काली स्याही से किसी सफ़ेद काग़ज़ पर ज़बरदस्ती लगवा दिए गए

कितना आसान था मेरे लिए यह सब सच लिखना कविता बनाकर,
पर बहुत मुश्किल हो जाता है लिखना सच को सच बताकर।

□

मौत

सालों से सँभालकर रखा था जिस देह को
आज बस उसकी इतनी ही औकात थी,
पड़ा था ज़मीन पर, बिना किसी हरकत के, लोगों की भीड़ आसपास थी।

कोई गिना रहा था साथ बिताए अच्छे पल,
तो कोई तारीफ़ों के पुलिंदे लपेट रहा था
ऐसा क्या ख़त्म हो गया था कि अब एक भी दोष बाकी नहीं बचा था
सबको वक़्त मिल गया था आने का बिना कोई शिकायत किए
फिर जीते–जी क्यों तकलीफ़ें हज़ारों थीं, उस एक शख़्स के लिए।

शरीर तो अभी भी वहीं था, बस रक्त जम गया था,
ऐसा क्या था, जिसके निकलते ही वक़्त थम गया था?

रूह क़ैद है पिंजरे में और इनसान रूप पर इतराता है,
रूह उड़ जाती है पिंजरा बदलने को, रूप ज़मीन पर कहीं पड़ा रह जाता है।
□

शॉपिंग मॉल

कोई आ रहा है, कोई जा रहा है
कोई दोस्तों से तस्वीरें खिंचवा रहा है
कोई बच्चा रो रहा है, ज़िद करके एक खिलौने की
कोई बिन माँगे ही सारे लुत्फ़ उठा रहा है
कोई नहीं लग रहा ख़ुद से ख़ुश यहाँ
हर कोई दूसरे से बेहतर दिखना चाह रहा है
कुछ आए हैं भीड़ साथ लेकर
कहीं कोई अकेलेपन से बचने को दिल बहला रहा है
कुछ मुसकराते लब खिलखिलाकर कह रहे हैं कहानी जवानी की
एक उदास चेहरा भीड़ में अपनी उम्रभर की नाकामी छिपा रहा है
सबकी निगाहें हैं दूसरों के कपड़ों पर
हर कोई किसी और की ज़िंदगी जीना चाह रहा है
कहते हैं ख़ुशियाँ पैसों से नहीं मिलतीं
फिर शॉपिंग बैग हाथ में थामने के बाद ही क्यों हर चेहरा मुसकरा रहा है
मैं बैठ एक कोने में देख रही हूँ ये सबकुछ
मेरे सामने है इक चकाचौंध से भरी दुनिया,
फिर भी मेरा मन अँधेरे में डूबा जा रहा है।

□

चीख़

चीख़ें उसकी क़लम से निकलीं
आँसू बस पन्नों पर छलके
पलकें सूखी-सूखी रहतीं
होंठ मुसकराते हलके-हलके
कोई न समझे उसकी ख़ामोशी
किसको सुनाती अपनी बातें
अकेले बैठ गुज़रते दिन
तन्हा-तन्हा कटती रातें
चेहरे सारे जाने-पहचाने, गैर-सी हैं सबसे मुलाक़ातें
रिश्तों के जितने नाम बड़े हैं, उतने ओछे दाँव लगाते।

□

किरदार

मिट्टी मिट्टी में मिल जाएगी
पानी पानी संग बह जाएगा
जिस देह पर अभिमान है इतना
पल में हवा हो जाएगा
नेकी करना जताना मत
दुआ माँगना दूसरों के लिए
पर बताना मत
मेला है खिलौने मिलेंगे रंग-बिरंगे
रंगों से खेलना, पर दाग़ रूह पर लगाना मत
हज़ारों रिश्ते बनाए रखता है इनसान नाम के लिए
कोई अनजान आकर मदद माँग ले तो हिचकिचाना मत
बंधन हैं ख़्वाहिशों के, चाहतों के और उम्मीदों के भी
चेहरों पर नक़ाब हैं शरीफ़ों के भी
तू बस इनसानियत को ज़िंदा रखना, अपना किरदार निभाने में शरमाना मत।

□

लिखावट

मुझे वो पीड़ाएँ लिखनी हैं, जो लोग सह नहीं पाते
कहनी हैं वो कहानियाँ, जो लोग कह नहीं पाते
उनकी दास्ताँ लिखनी हैं, जो जी तो रहे हैं, पर ज़िंदा रह नहीं पाते
उन कविताओं को लिखना है, जिनका हम शीर्षक नहीं बताते
वो वेदनाएँ जो हृदय में चीखती रहती हैं, लेकिन हम आवाज़ नहीं उठाते
वो क्रांति लिखनी है जिसकी आग सुलग तो रही है,
लेकिन हम मशाल नहीं जलाते
मुझे वो मंज़िल लिखनी है जहाँ पहुँचना सबको है,
लेकिन सब कदम नहीं बढ़ाते।

□

युद्ध

जब सभी लड़ रहे होंगे जाति के नाम पर, कहीं धर्म के नाम पर
जब गोरे मार रहे होंगे कालों को केवल चमड़ी की पहचान पर
हो रही होगी जंग ज़मीन के टुकड़ों पर कब्ज़ा करने की
लगेगी होड़ कहीं बंदूक तो कहीं तलवारों से लड़ने की
उस वक़्त हम किसी भी युद्ध में शामिल नहीं होंगे
न ही माँगेंगे सब ठीक हो जाने की दुआएँ
ठीक उस वक़्त हम भी हाथ उठाएँगे
हथियार बनाएँगे क़लम को लिखेंगे कविताएँ
पर उस वक़्त जो घट रहा होगा आँखों के सामने
नहीं लिखेंगे उस पर कुछ भी
हम लिखेंगे जो होना तो चाहिए था, पर नहीं हुआ
और जो किया गया गलत मनसूबों के साथ उस पर भी
हम बेशक हिस्सा नहीं होंगे किसी भी युद्ध का
न ही लगाएँगे इल्ज़ाम किसी पर
हम किसी को वीर भी नहीं बताएँगे
फिर भी मानवता के जीतने और हारने की ज़िम्मेदारी होगी क़लम पर
कोशिश रहेगी कि कुछ ऐसा लिखकर जाएँ,
जिसे पढ़कर इतिहास दोहराने का ख़याल भी किसी के मन में न आए

हम लिखेंगे कुछ ऐसा कि आने वाली
पीढ़ियों के दिलो-दिमाग में जब भी कभी युद्ध का कोहरा छाए
हमारी कविताओं का एक हिस्सा मशाल बनकर
उनके दिलों का अँधेरा मिटाए।

□

खालीपन

सबसे मुश्किल होता है भरना
किसी के जाने के बाद का खालीपन
उसके लौट आने के इंतज़ार का खालीपन
एक ख़त्म और दूसरा शुरू होने के बीच काम का खालीपन
'माँ' शब्द पुकारने के बाद 'आती हूँ' की आवाज़ का खालीपन
शून्य में ताकती आँखों के एकांत का खालीपन
बचपन की बीती याद का खालीपन
अधूरी छूट गई बात का खालीपन
इज़हार के बाद जवाब का खालीपन
झगड़े के बाद के दुलार का खालीपन
रिश्तों के बीच प्यार का खालीपन
प्यार में पड़े लोगों के बीच रिश्ते के नाम का खालीपन।

सपनों का पुल

एक पुल होता है हक़ीक़त और सपनों के बीच
उस पुल के मुहाने पर बँधी होती हैं बड़ी-बड़ी ज़ंजीरें
जो जकड़े रखती हैं उन सारी खोखली मर्यादाओं, कानूनों और मापदंडों को
जिनमें बचपन से हमें उलझाया जाता है,
हमें डराया जाता है कि यह पुल पार मत करना, वह ज़ंजीरें मत तोड़ना
नहीं तो यह दुनिया फिर से तुम्हें अपनाएगी नहीं
और अगर कभी उस पार जाने का सोचो तो याद रखना कि सपनों के इस पुल के उस पार की दुनिया में तुम्हें ये रिश्ते नहीं मिलेंगे और बस इसी डर में न हम वो ज़ंजीरें तोड़ पाते हैं, न रिश्ते छोड़ पाते हैं और न ही पुल पार कर पाते हैं,
लेकिन कोई नहीं बताता कि पुल के उस पार ऐसा भी क्या है, जो तुमसे सब छीन लेता है
पुल के उस पार है आज़ादी उन सारी बेड़ियों से जो पुल के मुहाने पर लगी हैं
उस पर जाने की कीमत हैं ये रिश्ते जो तुम्हें रोकने पर अड़े हैं, लेकिन यह पुल पार करने की हिम्मत सब नहीं कर पाते, क्योंकि अकेले चलकर सपने पूरे करने की कीमत चुकाना हर किसी के बस की बात नहीं,
पर जो पहुँचता है उस पार, वह मिलता है ख़ुद से
हर बंदिश, हर मर्यादा, हर कानून, हर मापदंड से ऊपर उठकर
वह जान लेता है वह रहस्य जो पुल के इस पार डरे हुए लोग कभी नहीं समझ पाते।

□

प्रेम-गीत

एक वक़्त था जब प्रेम पर गीत लिखे जाते थे,
तो ज़िक्र फूलों-रंगों और आँचल का होता था,
आजकल के लेखन और उस वक़्त के लेखन में इतना ही फ़र्क़ है,
जितना इन दोनों वक़्त के प्रेम में,
उस वक़्त के गीत और कहानियों में प्रेम हमेशा एहसास,
इक़रार, इंतज़ार, विरह, पुनर्मिलन और ख़ुशी का सार होता था
और इस वक़्त के प्रेम में पहले मिलन, इज़हार,
विरह और फिर दुःख बेशुमार होता है,
उन गीतों में प्रकृति से प्रेम को जोड़कर प्रेयसी की
ख़ूबसूरती का विवरण किया जाता था,
इंतज़ार की टीस में भी रूहानी प्रेम की भीनी-सी ख़ुशबू आती थी
अब प्रेम बदल गया है या प्रेम करने वाले
यह कह पाना ज़रा मुश्किल है,
पर कुछ तो अवश्य बदला इस बीते वक़्त के साथ
अब प्रेम केवल दिखावे, शारीरिक सुंदरता, महँगी वस्तुओं, होटल के कमरों,
कपड़ों और बस हासिल कर लेने की बेचैनी
तक का एक छोटा सफ़र मात्र रह गया है,
जहाँ एक ज़रूरत की चीज़ पड़ी है और
वो हासिल होते ही सफ़र भी ख़त्म, ज़रूरत भी और प्रेम भी।

□

तूफ़ान

शाम को अचानक तूफ़ान आया
बाहर भी और कहीं मेरे मन के भीतर भी
बाहर हवाएँ चल रही थीं
बिजली कड़क रही थी
और फिर कुछ देर के बाद बारिश होने लगी
हर तरफ़ से कहीं दरवाजों के टकराने की आवाज़ें आ रही थीं
तो कहीं कोई पेड़ गिर जाने की
लेकिन अंदर का तूफ़ान शांत था
न कोई आवाज़ हुई और न ही आँखों से बारिश गिरी
कुछ देर बाद बाहर का तूफ़ान शांत हुआ
मैंने देखा कि कुछ भी नुकसान नहीं हुआ था
पेड़ थोड़े और ज़्यादा हरे दिखने लगे थे
गलियों में बच्चे बाहर आकर शोर करने लगे थे
वह तूफ़ान इतनी हलचल करके भी कितना कुछ नया दे गया था
और मेरे अंदर का तूफ़ान शांत था, शांत है
फिर भी हर पल कितना कुछ तहस-नहस करता रहता है।

□

देशभक्ति

हर माँ चाहती है एक बहादुर बेटा
पर भारत माँ को अपना लाल सौंप देने की बहादुरी हर माँ में कहाँ होती है
पिता का सपना होता है कि बेटा हो ज़िम्मेदार उसका
पर देश भी तुम्हारी ज़िम्मेदारी है, यह हर पिता कहाँ सिखाता है
लड़कियाँ देखती हैं सपनों में अकसर वरदी वाला राजकुमार
पर राजकुमार के जाने के बाद भी वरदी से मोहब्बत तो सच्ची प्रेमिकाएँ ही निभाती हैं
लटककर मर जाती है जवानी आजकल ज़रा-ज़रा सी बात पर पंखे से
पर जो सीने पर गोली खाकर देश के लिए शहीद हो जाए,
असली जवानी तो वही कहलाती है
फहराते हैं हम तिरंगा साल में बस दो दिन और नारे लगाते हैं देशभक्ति के
लेकिन देशभक्त तो वो है, तिरंगे में लिपटकर जिसकी देह आती है
एक ही देश है दुनिया में ऐसा जिसके लिए कर दी जाती है, हँसते-हँसते जान क़ुरबान
और किसी देश की मिट्टी में इनकलाब की ख़ुशबू कहाँ आती है।

□

कर्म

फूल कैसे-कैसे खिलते हैं
दर्द कैसे-कैसे मिलते हैं
सब हिसाब से होता है इस दुनिया में
तुमने बीज कैसा बोया था
या बादल कब-कब बरसते हैं
बुरा करके भूल जाते हैं
नेकी का सब हिसाब रखते हैं
नीयतों का है भेद सारा छिपा हुआ
वरना कर्म तो सभी पाक करते हैं।

□

अमृत महोत्सव

यह भूमि भगतसिंह और नेताजी जैसे वीरों की गाथा का वर्णन है,
सभ्यता और संस्कृति इस देश के अतुल्य उदाहरण हैं।

अनेक वीरों ने समय-समय पर इस धरती पर जनम लिया,
देशप्रेम के लिए न जाने कितनी माँओं ने बेटों को क़ुरबान किया।

ये वो देश है जिसमें दस कोस के बाद वाणी बदल जाती है,
फिर भी अनेकता में एकता ही इसकी शान कही जाती है।

नदियों और पहाड़ों तक को शीश झुकाए जाते हैं,
मेरे देश में अतिथि भी भगवान् बताए जाते हैं।

भिन्न-भिन्न हम दिखने में भले ही नज़र आते हैं,
फिर भी हम सब मिलकर एक सुर में गाते हैं—
'सारे जहाँ से अच्छा हिंदुस्तान हमारा'।

कुछ तो अलग है इस माटी में कि हम इस पर जान लुटाते हैं,
ऐसे ही नहीं इस देश को हम भारत माँ कहकर बुलाते हैं।

□

भोपाल गैस त्रासदी

रात का सुकून मौत के सन्नाटे में बदल गया
एक सुबह ऐसी आई कि इस शहर का सूरज ढल गया
सर्दियों की एक रात भोपाल ने ज़हर की चादर ओढ़ी थी
घरों पर तो बिन ताले लगाए दौड़े थे, पर अटकी साँसों की डोरी थी
इलाज का किसी को अंदाज़ा न था, क्योंकि सच बताने का तकाज़ा न था
इनसानियत फिर एक बार शर्मसार हुई,
जब पैसे और रुतबे के आगे कानून की हार हुई
यहाँ लाखों परिवार अपना सबकुछ खो बैठे थे,
वहाँ गुनहगार पाँच सितारा सेवाओं में रहते थे
हज़ारों लाशों की गिनती हुई, पशु–पक्षियों का तो कोई अंदाज़ा भी न लग पाया
इतिहास ने, जो पहले कभी न देखा मौत ने ऐसा तांडव मचाया
3 दिसंबर, 1984 को आज भी विश्व का सबसे बड़ा 'इंडस्ट्रियल डिज़ास्टर' माना जाता है,
पर अफ़सोस झीलों के नाम से मशहूर इस जन्नत को आज भी 'भोपाल गैस ट्रेज़ेडी' के नाम से पहचाना जाता है।

□

राजनीति

दुर्योधन और रावण से नज़रें हटाकर देखिए
शकुनि और शूर्पणखा जैसे उदाहरण मिलेंगे
अगर पढ़ोगे इतिहास और चिंतन करोगे
तो युद्ध के अनेक कारण मिलेंगे
तलवारें मिलेंगी कुरसी के नीचे खून बहेगा मासूमों का
आज के रावण किए सफ़ेद चोला धारण मिलेंगे
कौन पूछता है सवाल झूठ पर
कर लेते हैं विश्वास मूँदकर आँखें
सच पर मिलेंगे बवाल सैकड़ों
हर धृतराष्ट्र को संजय कहाँ मिलेंगे।

□

ईश्वर की खोज

निकल पड़ा हूँ खोजने को जो खोया ही नहीं
मिलेगा क्या वो मुझे जिसके लिए मैं रोया ही नहीं
पुकारते ख़ुदा-मालिक-ईश्वर सब जिसको नाम लेकर बड़े-बड़े
भटकने से भी नहीं मिलता, कैसे मिलेगा यूँ राह में खड़े-खड़े
कौन है, कैसा है, कहाँ रहता है
उसकी करुणा का दरिया कौन से पर्वत से बहता है
सभी उसके हैं बेटे-बेटियाँ वो सबकी सुनता है
फिर एक के लिए फूल, दूसरे के लिए काँटे क्यों चुनता है
आरती, नमाज़, अरदास सारी खाली जा रही हैं
कौन सी अलग राह अब उसके दर तक निकाली जा रही है
व्रत-तीर्थ-रमज़ान से काम सफल होंगे क्या
या फिर चढ़ जाऊँ कोई पहाड़ तो तेरे दर्शन होंगे क्या
अनादि-अनंत है तो मैं तेरा आकार कैसे पाऊँ
यहाँ सब अलग-अलग राह बताते हैं, मैं कौन से मार्ग पर जाऊँ
मैं मंज़िल जाने बिना ही सब रास्ते तय कर रहा हूँ
मैं सबसे दूर जा रहा हूँ या तेरी ओर बढ़ रहा हूँ।

□

सितारा

मैंने जुगनुओं की भीड़ में एक सितारा देखा था
कला का एक पंछी आवारा देखा था
सारे जुगनू फीके थे वो इसी सोच में डूबे थे
कब यह टूटकर गिर जाएगा कब यह पंछी फड़फड़ाएगा
वो पहाड़-सा गुरूर लिये था खड़ा
आँखों में आग थी और दिल में समंदर था भरा
वो सोच में था कि चाँद आकाश में, ज़मीन पर जुगनू
कहाँ और कब वो अपना मुक़ाम पाएगा
मैंने भरोसा दिलाया कि एक रात अमावस आएगी
जब चाँद फ़लक से गायब होगा
सारे जुगनू मद्धिम होंगे, बस तेरा ही सितारा जगमगाएगा।

□

वेदना : बेटा नदी में डूब जाने की

लौट गए सब वापस घर को, मिला नहीं जो खोया था
घर भी सूना मन भी सूना, शोर कहीं पर खोया था
दरिया पार करना था, पर उसकी लहरों से न बन पाई
किसी अनचाहे तूफ़ान से जाकर कश्ती उसकी टकराई
दिन के उजियारे में भी अब अँधियारे से छाए हैं
एक पंछी छूट गया है, बाकी सारे लौट आए हैं
आसमान में उड़ता हुआ पाताल में जा समाया
कैसी यह दुर्घटना घटी, कैसा यह समय आया है
हे ईश्वर तेरे दर पर भी नाइंसाफ़ी होती है
जिस आकाश में चाँद है जगमग, वहाँ अमावस भी तो होती है
कैसे एक माँ अब तेरी आरती उतारेगी
तूने ही तो धोखा दिया है, वह कैसे यह बात बिसारेगी
शायद तुम भी चाहते हो अपना वर्चस्व हर रोज़ दिखाना
इसलिए तो बनाते हो ख़ुद को महान् दिखाने का नया बहाना
कुछ गुनाह तुम्हारे भी हैं, जो माफ़ी के लायक नहीं
एक हाथ से देकर दूसरे से छीन लेने वाले
कहलाते हैं जग-नायक नहीं
बहला-फुसलाकर माँग लिया होता तो हम सँभल भी जाते
तुमने धोखे से सहारा छीना, हम लड़खड़ाते हुए कब तक चल पाते

जितनी गहरी ये कविता है, दुःख उससे भी गहरा है
कहानी ख़त्म होने से पहले परदा गिराने वाले का किसने देखा चेहरा है

सात महीने बाद जब उसका शव मिला
वह मिला भी तो यूँ मिला कि उसका न मिलना ज़्यादा बेहतर लगा। □

संवेदनशील पुरुष

जब-जब स्त्री लिखा गया
तो लिखी गई संवेदनाएँ, पीड़ाएँ, उन पर हुए अत्याचार,
बेबसी और बलात्कार
लेकिन जब-जब पुरुष लिखा गया
तो लिखा गया उसे एक स्त्री का पति, पुत्र या पिता
लिखी गई पुरुष की ज़िम्मेदारियाँ
परिवार के प्रति, देश के प्रति, समाज के प्रति
हमने आज तक पुरुष को कभी लिखा ही नहीं
क्योंकि हमने उसे अब तक जाना ही नहीं
हमने केवल पुरुष का निर्माण किया अपने शब्दों से
ठीक वैसा, जैसा हम उसे लिखना चाहते थे
पुरुष उतना असंवेदनशील नहीं है
जितनी असंवेदनशीलता के साथ हमने उसे लिखा है
जब कभी कोई संवेदनशील पुरुष क़लम थामता है
तो उसे अपनी संवेदनशीलता दिखाने के लिए भी
स्त्री को मुख्य किरदार लिखना पड़ता है
वह एक पुरुष के दृष्टिकोण से भी संवेदनशील पुरुष नहीं लिख पाता
क्योंकि उसे पता है कि उस पर विश्वास नहीं किया जाएगा।

□

मज़बूत कंधे

स्त्री एक पुरुष के कंधे पर सिर रखकर इसलिए नहीं रोती कि
वो वहाँ उन मज़बूत बाज़ुओं में सुरक्षित महसूस करती है
या अपने कमज़ोर होने का प्रमाण देकर सहारा ढूँढ़ती है
एक स्त्री जब रखती है सिर अपने मनपसंद पुरुष के कंधे पर तो उसके कान होते हैं, उस पुरुष के दिल के बेहद करीब
और वो सुनने की कोशिश करती है, उसकी धड़कनों में अपना नाम
उसके दिल के धड़कने की गति से ही वो जान लेती है
ऐसा रहस्य जो पुरुष कभी बोलकर नहीं बताता
वो उस बेपरवाह और कठोर से दिखने वाले पुरुष के मज़बूत कंधों पर सिर रखकर ढूँढ़ लेती है, पुरुष की सबसे गहरी दबी हुई संवेदनाएँ
वो अपने लिए सुरक्षा नहीं ढूँढ़ती, वो रखती है धीरे से हाथ उस पुरुष के ज़ोर से धड़कते दिल पर
और उसे एहसास दिलाती है कि तुम मेरी बाँहों में सुरक्षित हो।

□

मूल संवेदनाएँ

जो लोग कभी उदास नहीं नज़र आते
वही अकसर अकेले में बहुत रोते हैं
उनको इतनी बात समझ आ चुकी है
कि आँसू अछूत सी एक चीज़ है
जो सबको आपसे दूर कर देती है
क्योंकि माँ-बाप अब उम्र के उस पड़ाव पर हैं कि
उन्हें हमारी ज़रूरत है
अगर हम ही रो दिए तो हमारे झुके कंधों पर लटका हुआ चेहरा देख क्या वो मुसकरा पाएँगे
भाई-बहन अब सब अपने-अपने परिवार में व्यस्त हैं
क्या उन ज़िम्मेदारियों से फ़ुरसत निकाल वो हमारा दुःख मिटा पाएँगे
दोस्त हाहा
वो तो बस कुछ जाने-पहचाने से चेहरे लगते हैं
जो कभी-कभी हाल पूछ लेते हैं
फिर एक ही विकल्प बचता है
अकेले में रोना, आँसू पोंछकर मुँह धोना और दुबारा वही मुसकान ओढ़कर
ज़माने की आँखों में धूल झोंकना
ये भी कितना बड़ा कलंक है मानवता पर कि
हम मानव होने की सबसे मूल संवेदनाओं को व्यक्त करने से डरते हैं।

□

समंदर

अगर कोई समंदर को जानना चाहता है
तो किनारों से न देखे
कश्ती लेकर बीच में उतरे
और देखे उसके भीतर समाया कौतूहल
लड़े-झगड़े उन लहरों के साथ
जो एक दिन तूफ़ान बन जाती हैं
कोशिश करे उसमें उठती झालों में भीगने की
जो अनचाहे ही उसका दर्द बयाँ कर जाती हैं
किनारों से देखने की कोशिश करोगे
तो वो बवंडर नहीं दिखेगा
जो उसकी रूह को धकेलता रहता है, घने अँधेरे पाताल की ओर
किनारों से दिखेगा केवल वो जो उसका है ही नहीं
जो दिया है लोगों ने उसे साज-सजावट के लिए
ताकि देखी न जा सके उसकी भयावह हक़ीक़त
जो वो समेटकर रखता है भीतर
किनारों से वो दिखेगा मनोरंजक, ख़ूबसूरत और शांत
जिसके अंदर उमड़ रहा है ज्वार, लावा और बेबसी का अंधकार।

□

उदासी

मैं उदासी-पसंद इनसान हूँ
क्योंकि उदासी के वक़्त लिखी जाती हैं, सबसे गहन कविताएँ
जिस वक़्त जितनी सघन उदासी होती है
उस वक़्त की लिखी कविता उतनी ही ख़ूबसूरत होती है
जब-जब मैं ख़ुश रहती हूँ तो मैं उदासी का कोई-न-कोई कारण ढूँढ़ती हूँ
क्योंकि ख़ुशी में मेरे विचारों में सघनता नहीं आती
और मैं कुछ अच्छा नहीं लिख पाती
मेरे लिए कोई भी उदासी उस दिन की उदासी से बड़ी नहीं है,
जिस दिन मैं कुछ अच्छा न लिख पाऊँ
इसलिए मुझे उदासी पसंद है,
लेकिन न लिख पाने की वजह से उदास होना नहीं
अगर तुम मेरे दोस्त हो और तुम्हें लिखना पसंद है तो
मैं हमेशा दुआ करूँगी कि तुम उदास रहो।

□

ज्वालामुखी

मेरे भीतर ही एक ज्वालामुखी है
जो हर पल कौतूहल करता है बाहर आने को
लेकिन मैंने उसे बड़ी सी मुसकान के पहाड़ों के बीच कहीं छिपाकर रखा हुआ है
कुछ पेड़-पौधे भी लगा दिए हैं चारों तरफ़
ताकि उसके लावे की गरमी बाहर तक न पहुँचे
लेकिन कब तक,
आख़िर कब तक कर पाऊँगी मैं ऐसा
कभी-न-कभी तो वो सब जलाकर राख कर देगा और आने लगेगा बाहर
मेरे आसपास की दुनिया को तहस-नहस करने
इसलिए मैंने अब एक छोटा सा क़लमरूपी हथियार लेकर उस लावे के रिसने के लिए जगह बना ली है
और धीरे-धीरे एक दिन वो शांत हो जाएगा
बस उस दिन का इंतज़ार है
या पता नहीं मैं उसे शांत होने ही नहीं देना चाहती शायद
क्योंकि मेरे जीवन का आधार वही है
अगर वो रिसना बंद हुआ तो सब सूख जाएगा
क़लम निढाल हो जाएगी और रह जाएगा बस सूखापन।

□

सपना

टूटे हुए सपने के बिखरे हिस्सों को बार-बार समेटकर नया सपना बनाने की कोशिशें जारी रहती हैं
लेकिन हर बार आख़िर तक पहुँचते-पहुँचते कोई कमी रह जाती है
जितने हिस्से मुझे मिलते हैं, मैं पूरी मेहनत से उन्हें जोड़ती चली जाती हूँ
लेकिन एक वक़्त पर आकर मुझे आगे बढ़ने के लिए किसी और की ज़रूरत पड़ती है
फिर सपना आगे नहीं बढ़ पाता
बेचैनी-गुस्सा-एकाकीपन बढ़ने लगता है
आसपास सब कारण दिखाई देते हैं
उस सपने के न पूरा होने के पीछे
मैं कोशिश करती हूँ, मदद भी माँगती हूँ
लेकिन वो मदद नहीं करते
वो मुझे समझाते हैं और कहते हैं कि
मुझे अब वो सपना देखना छोड़ देना चाहिए।

□

दायरे

नदियों को ही दायरे समझाए जाते रहे हैं
कभी समंदर को भी ज़रा मर्यादा में रहना सिखा देते
तो यूँ नदियों का उन पर भरोसा करना व्यर्थ न जाता
वो बेचारी तो अनजान ही अपना वजूद मिटा देती हैं,
समंदर की बाँहों में गिरकर
और समंदर क्या करता है
वो बहाना बनाता है किसी सुनामी या तूफ़ान का
और लाँघ देता है सारी मर्यादाएँ किनारे और दायरे
खदेड़ देता है उन नदियों को एक ही पल में,
जिन्होंने एक रोज़ भरोसा किया था
और कर दिया था न्योछावर सब उस अनंत से दिखने वाले प्रेम पर
वो प्रेम जो अपने अंदर छुपाए बैठा था क्रोध का तूफान
और नदियाँ क्या करती हैं धोख़ा खाकर
वो बेपरवाह सी हो जाती हैं और आक्रोश दिखाती हैं
कहीं किसी बसे–बसाए शहर पर।

□

ठोकर

जब हम मंज़िल की ओर बढ़ते हैं तो रास्ते में कई किस्म के पत्थर मिलते हैं
कुछ से ठोकर खाकर हम गिरते हैं और हमारी रफ़्तार कुछ देर के लिए धीमी पड़ जाती है
तो कुछ हमारे लिए मील का पत्थर साबित होते हैं
कुछ पत्थरों पर अचानक पैर पड़ जाने से एकाएक कीचड़ उछलकर हम पर आ गिरता है
तो कुछ पत्थर दलदल पार करने में सहायक होते हैं
लेकिन मंज़िल पर पहुँचकर हमें उन सारे ही पत्थरों का दिल से शुक्रिया अदा करना चाहिए
क्योंकि प्रतिकूल परिस्थितियाँ ही हमें तराशने का काम करती हैं
ठीक यही बात इनसानों और उनसे हमारे रिश्तों पर भी लागू होती है
हर रिश्ता हमें ख़ुशी दे यह ज़रूरी नहीं
लेकिन ठोकर लगने के बाद आप और कितनी सकारात्मकता से आगे बढ़ते हैं, वह ज़्यादा ज़रूरी है
पर मंज़िल पर पहुँचकर शुक्रिया अदा करते वक़्त ये न भूलें कि ठोकर देने वाले पत्थर ने दर्द भी दिया था।

□

दस्तक

प्यार आपके दरवाज़े पर आएगा, दस्तक देगा
लेकिन आप दरवाज़ा नहीं खोलेंगे
क्योंकि उस वक़्त या तो आप किसी डर में होंगे
या किसी क्षणभर के प्यार जैसा दिखने वाले
छलावे की छाँह में ख़ुद को ढूँढ़ रहे होंगे
और प्यार इंतज़ार करके लौट जाएगा
फिर जब आपकी चेतना जागेगी कि कुछ आहट तो हुई थी
क्या प्यार था
आप बदहवास भागेंगे ढूँढ़ेंगे हर जगह
फिर मिलेंगे रास्ते में उसी जैसे दिखने वाले छलावे और आप भरोसा भी कर लेंगे
लेकिन भरोसा टूटते ही आप फिर से दौड़ेंगे
वो नहीं मिलेगा, पर उसकी आहटें सुनाई देती रहेंगी दिल और दिमाग में
धीरे-धीरे आपकी शक्ति क्षीण हो जाएगी और वो बहुत दूर निकल चुका होगा
फिर आप उसके एवज़ में न जाने कितने नकाबवाले प्यार से मिलेंगे और यूँ ही उस आहट को दबाने की कोशिश करते रहेंगे, पर वो लौटकर नहीं आएगा
जो सदा आपका होना चाहता था
वो बस एक बार आता है
उस वक़्त आप अगर उसके लिए दरवाज़ा नहीं खोलते तो उसकी आहटें आपको आहत करती रहती हैं।

□

भटकना

कभी ख़ुद से मिलना हो तो अनजान रास्तों पर
निकल जाना जहाँ पहले कभी न गए हों
क्योंकि अगर जाने-पहचाने रास्तों पर भटकते रहे
तो तुम्हें तुम्हारी अलग-अलग पहचान बताकर
उन्हीं रास्तों पर गुमराह कर दिया जाएगा
जहाँ तुम बचपन से खेलते-कूदते आए हो
अनजान रास्तों पर कोई नहीं होगा तुम्हें
यह बताने वाला कि किस गति से चलना है, कहाँ पर रुकना है
कहाँ से मुड़ना है और तुम्हें कहाँ जाना चाहिए
भटकना तुम्हें ख़ुद से मिलवाता है
जहाँ तुम्हारी मंज़िल केवल तुम हो और रास्ता तुम्हारे भीतर।

□

चेहरे

इनसान सबसे ज़्यादा झूठ ख़ुद से बोलता है
हम सभी के चेहरों के पीछे एक चेहरा है
जिसे हम ख़ुद नकारते हैं
हर बार एक नए इनसान के सामने एक नए मुखौटे के साथ पेश आते हैं
शायद इसलिए हम दूसरों के चेहरे नोचते रहते हैं
भले ही उनका चेहरा लहूलुहान हो जाए
लेकिन हम नोचना बंद नहीं करते इस कोशिश में कि
इसका भी असली चेहरा दिखाई दे जाए
जिस दिन हम ख़ुद का असली चेहरा स्वीकार लेते हैं
उस दिन सबके चेहरों से नकाब ख़ुद-ब-ख़ुद उतर जाते हैं

□

थक जाना

थक जाना भी ज़रूरी है, क्योंकि जब हम थक जाते हैं
तभी घुटनों पर हाथ रख पीछे मुड़कर देख पाते हैं कि
हमने सफ़र शुरू कहाँ से किया था
थक जाना आपको याद दिलाता है कि आप चल रहे हैं
जीवित हैं और आपके जीवन का एक उद्देश्य है
जिसे पाने के लिए आपने चलने का निर्णय लिया था
और इतना सोचते ही
थकान का वो बोझ घुटनों से निकलकर ज़मीन में कहीं समाने लगता है
और आपको सफ़र में आगे बढ़ने का हौसला मिलता है।

□

अंत ही प्रारंभ

किसी भी चीज़ की शुरुआत कितनी सुखदायक होती है
चाहे वो कोई रिश्ता हो, नौकरी हो, पौधा हो, या किसी का जन्म,
लेकिन उतना ही भयावह होता है अंत
क्योंकि हम अंत को हमेशा दुःख से जोड़कर देखते हैं
हमें हमेशा से यही सिखाया जाता रहा है
असल में एक चीज़ का अंत किसी नई शुरुआत का पहला मुख्य पड़ाव है
जब तक कुछ ख़त्म नहीं होगा, कुछ नया शुरू होना असंभव है
अगर मृत्यु या अंत ही न हो तो कैसे उत्सव मनाया जाए
जीवन का या नई शुरुआत का
अंत पर विचलित होना बंद कर दिया जाए
तो पूरा-का-पूरा जीवन ही उत्सव है।

□

डर

कभी-कभी अपने लिए जीना भी ग़लती लगता है
आप ऐसे लोगों के बीच रह रहे होते हैं कि
अगर आपने खुलकर मुसकरा भी दिया
तो वो आपको ऐसे देखते हैं कि मानो कोई गुनाह हुआ हो
जैसे ही आपकी नज़र उनकी नज़र से मिलती है
आपके मुसकराते होंठ आपको भारी लगने लगते हैं
जिन्हें आप एक झटके में गिरा देते हैं
लेकिन आप उस भार से मुक्त नहीं होते हैं
वो भार आपका हिस्सा बन जाता है
जो दिल के किसी कोने में लटका रहता है और निरंतर बढ़ता है
जब तक आप उन आँखों से डरना बंद नहीं कर देते
आप जीना शुरू नहीं कर सकते।

□

मुलाक़ात

सालों बाद उससे मिलकर लगा कि सबकुछ बदल जाता है
लेकिन एहसास नहीं बदलते
हम नाटक करने लगते हैं समझदार बनने का
कठोर बनने का या फिर बेपरवाह होने का
लेकिन जैसे ही वो एक इनसान सामने आता है
जिसके जाने से ये सब नाटक हम करना सीख गए थे
उसके आते ही एक–एक करके सारे मुखौटे धराशायी होने लगते हैं
उसके पास बैठते ही कठोरता की परत धीरे–धीरे बर्फ़ की तरह पिघलने लगती है
समझदारी का चोला उतरकर फ़र्श पर लहरने लगता है
और अचानक ही होने लग जाती है उसकी परवाह
उसके लिए फ़िक्र चेहरे पर दिखने लगती है
अब इतने सालों बाद वो कैसा दिखता है, ये भी हम देखना भूल जाते हैं
हमारी आँखें बन जाती हैं छेनी और हथौड़ा
वो वक़्त के साथ जम गया अतिरिक्त पत्थर और मिट्टी हटाने लगती हैं
उसकी बदली छवि से
और तराशने लगती हैं वही तस्वीर जो सालों से ज़हन में बसी है
वही छवि जिससे पहली बार इश्क़ हुआ था
जिसे पहली दफ़ा छुआ था
जो बिछड़ते वक़्त आँसू रह गए थे, पलकों के पीछे कहीं
वो बह जाते हैं एकाएक फिर से उसके छू लेने से

हम विश्वास दिलाते रहते हैं, ख़ुद को सालों तक कि
आगे निकल आए हैं बहुत और पीछे छोड़ आए हैं यादें
पर सच कहूँ तो न हम आगे बढ़ते हैं, न यादें पुरानी होती हैं
विश्वास न हो मेरी बात पर तो तुम उससे मिलकर देख लेना
जिसे तुमने अभी ये पंक्तियाँ पढ़ते-पढ़ते याद किया है।

□

क्यों

अब बात नहीं होती, लेकिन जब भी बात प्यार की होती है तो
चेहरा नज़रों में तुम्हारा आता क्यों है

यूँ तो दिल टूटा ही पड़ा है, पर जब भी कोई क़रीब आने की कोशिश करता है तो दिल तेरी यादों से सिहर जाता क्यों है

रातों को न रुलाए ख़याल तेरा कोशिश ये हर रोज़ करती हूँ, फिर ख़्वाबों में तेरा आना बेचैन कर जाता क्यों है

अलविदा भी तो तुम्हें हँसते-हँसते कहा था, फिर वो तुम्हारा हाथ छुड़ाना याद करके ये आँसू मेरी पलकों से छलक जाता क्यों है

आज़ाद करती हूँ ख़ुद को हर रोज़ बीते दिनों की ज़ंजीरों से फिर ये दिल बैठे-बिठाए तेरी यादों का ग़ुलाम बन जाता क्यों है

वफ़ा से डर तो तुम्हें लगता था न
फिर यह ज़माना बेवफ़ा का इल्ज़ाम मुझ पर लगाता क्यों है ?

□

आख़िरी ख़त

मैं तुम्हें एक ख़त लिखूँगी आज से कुछ साल बाद
क्योंकि अभी जो लिखा तो तुम पढ़ोगे नहीं
सामने बैठकर बोली गई बातें ही तो तुम मेरी समझ नहीं पाते हो
कहते हैं कि अकसर जो मिल जाता है वो आम हो ही जाता है
ख़ास वही जो काश में है
उस ख़त में मैं वही काश लिखूँगी
आने वाले कल में मैं बीता हुआ आज लिखूँगी
तब मैं लिखूँगी वो सारे सच जो मुझे पता थे और तुमने छुपा लिये
मैं वो झूठ लिखूँगी जो मुसकान बनकर मेरे होंठों पर चिपके रहे
मैं रात को भीगे तकियों और दिन में किताबों पर टपके आँसुओं से मिटे अक्षरों का हिसाब लिखूँगी
मैं लिखूँगी उस वक़्त की तन्हाई
जो तुम्हारे साथ बिताने की आस में मैंने अकेले काटा है
मैं पन्नों पर दर्द भरी कविता उतारने में लगे वक़्त को बरबाद लिखूँगी
मैं लिखूँगी तुम्हारा मुझे नज़रअंदाज़ कर देना
और कभी-कभार जताई गई मोहब्बत को इश्क़ नहीं ख़ैरात लिखूँगी
मैं लिखूँगी सालों लंबा इंतज़ार और अपने सीने में उठी टीस को
एकतरफ़ा प्यार का इज़हार लिखूँगी
शायद तुम तब भी न पढ़ो मेरा वो ख़त या फिर शायद मैं ही न भेज पाऊँ
क्योंकि मुझे डर है कि दिल के टूटे हुए हिस्से फिर एक बार समेटकर मैं कहाँ रखूँगी
हाँ, तुम्हारे नाम का वो ख़त कविता कहकर मैं कई बार लिखूँगी।

□

एक ख़याल

एक ख़याल बुनते-बुनते मैं हर रोज़ सो जाया करती थी
फिर नए ख़याल के साथ सुबह हो जाया करती थी
खालीपन था शायद दिल के किसी कोने में
इसलिए वो जगह सवालों से भर जाया करती थी
एक दिन अचानक वहाँ दस्तक हुई, जहाँ किसी को भी
आए ज़माना हो चला था
दोस्ती-प्यार-हमसफ़र वो दौर अब पुराना हो चला था
कोशिश यही रहती थी कि न आने दिया जाए फिर किसी को यहाँ
डर था कि कहीं देख न ले कोई उजड़ा दिल का आशियाँ
शायद वो ज़िद्दी था थोड़ा सालों तक दर पे बैठा रहा
कभी दस्तक देता, कभी दूर निकल जाता तो
कभी बाहर आकर चुपचाप बैठ जाता
मैंने सोचा एक दिन कि चलो झाँककर देखूँ तो सही कि
क्या वो अभी भी है उस तरफ़
अब भी इंतज़ार में है या चला गया है थककर
आहट पाते ही वो एकदम से झाँकने लगा आगे बढ़कर
पर दहलीज़ पर बैठे-बैठे ही उसने वो सारे बिखरे-छिछले,

उजड़े-टूटे हाल सुन लिये
और उससे बातें करते-करते मैंने भी कुछ ख़याल बुन लिये
अब न मैं उस पार जाती हूँ, न वो इस पार आता है
दहलीज़ पर बैठे-बैठे घंटों मुझसे बतियाता है।

□

मोहब्बत

धीरे-धीरे नसों में घुलती है मोहब्बत
कुछ ही पलों में सिर चढ़ती है मोहब्बत
बेकाबू करके जज़्बात सारे
फिर हलकी-हलकी नज़रों में झलकती है मोहब्बत
कदम लड़खड़ाने लगते हैं, लब गुनगुनाने लगते हैं
बिन पिए ही आदमी को मदहोश करती है मोहब्बत
वक़्त के साथ-साथ आदत सी लगती है
फिर दर्द बनकर आँखों से छलकती है मोहब्बत
जानलेवा का इल्ज़ाम शराब पर लगाकर
किश्तों में जीने पर मजबूर करती है मोहब्बत।

वो कौन है

समझ नहीं आता वो मुझसे क्या चाहता है
मेरा नहीं है फिर भी मुझ पर ही हक़ जताता है

मुझे उससे मिलना है बस एक दफ़ा
ये बताने के लिए कि प्यार ऐसे भी किया जाता है

दूरियाँ बता देती हैं यूँ तो नज़दीकियों का सबब
फिर भी देख लूँ नज़दीक से उसे तो दिल ठहर जाता है

बात नहीं होती हर रोज़ उससे
पर वो जवाब दे दे मेरी एक भी बात का तो मेरा दिन बन जाता है

न वो पहली मोहब्बत है, न आख़िरी
पर कुछ तो दरमियाँ हमारे जो मीलों दूर बैठा वो मेरी रूह तक उतर जाता है।

□

फिर एक बार

आज एक बार फिर तुम्हारी याद आई है
फिर दिल ने तुम्हें बेइंतहा चाहने की ज़िद लगाई है
फिर तेरी बाँहों में झूल जाने को जी चाहता है
जो भी था तेरे बगैर वो वक़्त भूल जाने को दिल चाहता है
आज फिर दिल में एक टीस सी उठी है
आँसू की एक बूँद फिर पलकों पर आकर रुकी है
कुछ अटक सा गया है ज़हन में कहीं
न कुछ आसपास सुनाई देता है, गले से आवाज़ भी निकलती नहीं
साए से घूमते हुए लगते हैं, तेरी बातें करते हुए
मुझे वहम भी हुआ था तेरे आने का, जब देखे मैंने परदे हिलते हुए शून्य में
ताकते-ताकते न जाने कितना वक़्त बीत गया
क्या इतनी कच्ची मोहब्बत थी जिससे वक़्त जीत गया
अब गुमसुम से बैठे रहते हैं सिर को झुकाए
काश! यह याद जो मेरे दिल में हर रोज़ तूफ़ान मचाती है
कभी तेरे दिल में भी आँधी की तरह आए।

□

बेलगाम इश्क़

अब थक गई, रुक जाऊँ क्या कुछ देर

पर अगर तुम और आगे निकल गए तो
और इतनी दूर निकल गए कि मुझे दिखाई ही नहीं दिए तो

पर थक तो गई हूँ सच
आसान नहीं है यूँ उसके पीछे दौड़ना जो तुम्हारे साथ चलना भी न चाहता हो
भूख कितनी बुरी होती, या यूँ कहूँ कि लत कितनी बुरी होती है किसी के साथ की, उसके एहसास की, उसके प्यार की कि अगर वो आपको एक पल न दिखे तो आप उसे हड़बड़ी में ढूँढ़ने लगते हैं और अगर तुम्हें वो दूर जाता दिखाई दे तो गिड़गिड़ाने लगते हो।
क्या आत्मविश्वास और क्या आत्मसम्मान, चिंता ही नहीं रहती किसी बात की, क्योंकि आप उस वक़्त सिर्फ़ एक प्रेमी होते हैं और प्रेमी तो अंधा होता ही है
उसे क्या लेना इस बात से कि कोई क्या कर रहा है या क्या कह रहा है
उसको तो बस हर तरफ़ अपने महबूब के ख़ुद से दूर जाते हुए कदम ही दिखाई पड़ते हैं, जिनको रोकने के लिए वो दौड़ पड़ता है, गिरता है, रेंगता है और याद दिलाकर पुरानी बातें उसके दूर जाते हुए पैरों में ज़ंजीर डालने की कोशिश भी करता है

पर दिल क्या बेखौफ़ सा घोड़ा बनाया है न भगवान् ने कि एक बार उसकी

नकेल अगर टूट जाए तो वो इतनी तेज़ी से दौड़ता है कि फिर से काबू नहीं आता

और उसमें अगर बस जाए कोई आकर तो फिर वो कहीं भी चला जाए कितना भी दुःख दे, भुलाया नहीं जाता।

□

सोचती हूँ

कभी तेरी नज़र से ख़ुद को देख पाऊँ ये तमन्ना है
तुझे रूह भी पसंद है या शारीरिक मोह ही तृष्णा है

तेरे गले लगकर एहसास कुछ विचलित हो जाते हैं
और ठीक उसी वक़्त विचार मेरे कुछ मिश्रित हो जाते हैं

मोहब्बत है तो जिस्मानी ताल्लुक़ात में भी कोई पाप नहीं
पर केवल जिस्मानी ताल्लुक़ात ही है तो मोहब्बत वो फिर पाक नहीं

काश, एक बार दिल निकालकर तेरे जज़्बात पढ़ पाती
पर तेरा दिल निकालने की दरिद्रता कर पाए, ऐसा कठोर दिल कहाँ से लाती

फिर आँखें पढ़कर उनमें छुपा सच समझने की चेष्टा की
पर आँखें भी झूठ बोला करती हैं, इस पर भी कुछ देर निरपेक्षता की

जब तूने चूमा हाथ मेरा और सिर को सीने से लगाया, बस एक उस लम्हे ने
मुझे यह एहसास दिलाया

कि साबित करना पड़े प्यार अपना हर बार ये ज़रूरी नहीं,
क्योंकि मोहब्बत ज़रूरत तो हो सकती है पर मजबूरी नहीं।

□

श्रृंगार

तुम वो पायल हो जिसके घुँघरू खो गए हैं और अब वो छनकती नहीं
वो चूड़ी हो जो टूट गई है और अब खनकती नहीं
वो बिंदिया हो जो बालों को सँवारते हुए कहीं मिट्टी में जा मिली
आँखों में अब भी मौजूद वो काजल हो जो थोड़ा ही सही,
लेकिन आकार बढ़ा देता था मेरी आँखों का और
वो पहले से कहीं ज़्यादा ख़ूबसूरत लगती थीं
पर अफ़सोस अब बहने लगा है वो आँसुओं की बरसात में
और बिखेरने लगा है अपनी कालिख उन गुलाबी गालों पर जो मेरे-तुम्हारे साथ हँसने से और भी गुलाबी हो जाते थे
तुम आज भी मेरा श्रृंगार हो, लेकिन वो जिसे अब मैं लगाना भूल जाती हूँ
और पड़ा रहता है कहीं एक संदूक में बंद
लेकिन अच्छा लगता है जब मैं फ़ुरसत में कभी तुम्हें टटोलती हूँ और थोड़ा मुसकराकर हमारी यादों के झुमके अपने कानों में पहनती हूँ, जिनमें मेरे गालों को छू लेने वाली तड़प अभी भी बरकरार है
तुम अब मेरे सुर्ख़ गुलाबी होंठों पर लगी लिपस्टिक का बचा हुआ अंश मात्र रह गए हो, जो लाख कोशिशों के बाद भी इन ख़ुश्क पड़ गए होंठों की दरारों से झाँक रहा है
लोग कहते हैं कि ख़ूबसूरत मैं अभी भी लगती हूँ
लेकिन मुझे अगर तुम एक बार और छू लो और सजा दो, फिर से उन आधे टूटे-बिखरे पायल-चूड़ी-गहनों से तो मेरा कुछ दर्द कम हो जाए
बोलो, एक बार बनोगे फिर से मेरा श्रृंगार ?
क्या एक बार फिर कर सकते हो फिर से मुझसे प्यार ?

□

केवल प्रेम ढूँढ़ना

प्रेम पर लिखी कविताओं में अकसर लोग
प्रेमी या प्रेमिका का चेहरा ढूँढ़ने की कोशिश में रहते हैं
मेरी कविताओं में तुम प्रेम ढूँढ़ना
क्योंकि चेहरों पर मैंने कभी ध्यान नहीं दिया
और क्या पता चेहरे ढूँढ़ते-ढूँढ़ते किसी एक पंक्ति में
तुम अपना अक्स देख बैठे तो क्या होगा
तुम कविता में फिर प्रेम नहीं ढूँढ़ पाओगे
फिर दर्द दिखने लगेगा
कविता में नहीं
तुम्हारे चेहरे पर
मेरी ग़ज़लों में तुम ढूँढ़ने देना लोगों को बहर
लेकिन तुम ढूँढ़ना वो पहर, जब हम-तुम मिला करते थे
सूरज के ढलने से चाँद के छुपने तक
क्योंकि अगर बहर ढूँढ़ने लगे तो वो लम्हे दिखाई नहीं देंगे
जिनमें मैंने तुम्हें समेटकर लिखा है
और पढ़ते-पढ़ते अगर किसी एक मिसरे पर
तुम्हारा दिल जोर से धड़कने लगे
तो समझ लेना कि ये उसी लम्हे की यादें हैं,
जब हम क़रीब आते थे
ग़ज़ल में नहीं

तुम्हारे दिल में
कहानियों में ढूँढ़ते रह जाएँगे लोग अंत
तुम ढूँढ़ना वो शुरुआत, जब प्रेम ने तुम्हारे दिल के दरवाज़े पर पहली दस्तक दी थी
क्योंकि अगर अंत ढूँढ़ने लगे तो वो एहसास भी ख़त्म हो जाएँगे जो अपनी कहानी में मैंने कहीं छुपाए हैं
केवल तुम्हारे लिए
और कहानी के किसी मोड़ पर आकर तुम रुक जाओ और आगे न पढ़ पाओ तो समझ लेना उसे अंत
हमारी कहानी का नहीं, हमारी मुलाक़ातों का
क्योंकि न तो मुझे रिश्ते ख़त्म करने आते हैं और न ही कहानियाँ।

□

दर्द का पता

चले कुछ देर, फिर रुक गए
दौड़े फिर से और थक गए
कभी गिरे, कभी सँभले
कभी अंदर गए, कभी बाहर निकले
कभी इसी कशमकश में भटक गए
न जाने कैसे दाँव-पेच थे ज़िंदगी के
जितना समझे, उतना ही उलझ गए
भरे थे जब तक ग़मों से तो ख़ुशियों के लिए जगह न थी
ख़ुशियाँ आईं तो हम दर्द का पता पूछते-पूछते
फिर से उसके घर गए।

□

मन पतंग

मैं हर रात आँगन में बैठ आसमाँ ताकती रहती हूँ एकटक
फिर मुझे वहाँ दिखाई देते हो तुम रोशन से कहीं घने काले अँधेरे में
और तुमसे कुछ दूर दिखाई देती है, तारों से बनी एक पतंग जिसकी डोर बँधी मेरे मन से
मैं डोर को कभी ढीला कर देती हूँ तो कभी खींच लेती हूँ अपनी ओर एक ही झटके में
कि शायद तुम तक पहुँचा पाऊँ उस पतंग पर लिखा वो ख़त, जिसमें मैंने वो सब लिखा है, जो मैं हमेशा तुमसे कहना चाहती थी, पर तुम्हारे पास कभी वक़्त नहीं था सुनने का।
तुम तक अपना पैग़ाम पहुँचाने की जद्दोजहद में न जाने कितनी खींचा-तानी की है मैंने मन के धागों के साथ
और लहूलुहान कर लिया है अपने आप को
लेकिन फिर भी तुम तक पहुँचने की मेरी सारी कोशिशें नाकाम रही हैं
फिर एक दिन जब पतंग मुझे सीधे दिखी बिल्कुल तुम्हारे करीब आते
तो लगा कि अब तुम्हें मैं कह सकती हूँ सब बेझिझक
तभी कुछ तारों ने गुम होकर एहसास दिलाया कि बादल घिर आए हैं
और तुम छुप गए हो किसी मदमस्त आवारा बदली की गोद में जाकर
और मेरी पतंग बारिश की फुहारों से गलकर गिर गई है कहीं जाकर
धुल गया सब जो लिखा था मैंने साल, महीने और दिन लगाकर
अमावस से मुझे कभी शिकायत न रही

क्योंकि वो तुम्हें मेरी आँखों से बस चंद घंटों के लिए ओझल कर सकती थी
पर सच पूछो तो शिकायत मुझे बदली से भी नहीं
शिकायत है मुझे मेरे मन की डोर से
जो पतंग के गल-सड़ जाने पर भी उलझी पड़ी है कहीं यादों में लिपटी हुई।

□

सरेआम ढूँढ़ती हूँ

मैं अपने हाथों की लकीरों में अकसर तेरा नाम ढूँढ़ती हूँ
दोपहर में तुझसे मिल तेरी बाँहों में शाम ढूँढ़ती हूँ
बिस्तर की सिलवटें सँवारना गवारा नहीं मुझे
घंटों बैठ सोहबत में तेरी, उनमें भी आराम ढूँढ़ती हूँ
तेरे जाने के बाद लिपटी सी रह जाती हूँ बाँहों में तेरी
आँसू भूलकर अपने तेरे लिए ख़ुशियाँ तमाम ढूँढ़ती हूँ
अक्स शीशे में भी तेरा ही दिखे तो क्या करूँ
तू छुपकर मुझसे मिलने आए, मैं तुझे सरेआम ढूँढ़ती हूँ
बैठी हूँ हाथों में क़लम थामकर, हर पन्ने में तेरा ही कलाम ढूँढ़ती हूँ।

□

तुम फिर से मिलने आओगे क्या

मुझे प्रेम पर एक नई कविता लिखनी है, तुम फिर से मिलने आओगे क्या
पुरानी यादों में अब कुछ खास बचा नहीं है, नई यादें दे जाओगे क्या
यूँ तो वक़्त हमने भी काटा नई महफ़िलों में जाकर, फिर से थामकर हाथ मेरा
तुम वक़्त पुराना लाओगे क्या
धुँधले पड़ गए दिल के शीशे से ये धूल शिकायतों की हटाओगे क्या
आता नहीं अब इस दर पर कोई, दस्तकें देती हैं तन्हाई
कभी लौटकर हक़ीक़त में भी आहटें अपनी सुनाओगे क्या
यूँ तो भुला दिया है मुझको जताते हो ये ख़ुद को तुम भी
रखोगे कभी हाथ दिल पर तो धड़कनों में नाम किसी और का पाओगे क्या
जिन चंद लम्हों में जी लेते थे, हम साथ बैठकर उम्र सारी
उन लम्हों को निकालकर कल से फिर आज में बदल पाओगे क्या ?

□

अब ऐसा प्रेम करना है

मुझे अब तुमसे वैसा प्रेम करना है
जैसा चकोर करता है चाँद से
धरती करती है आसमान से
लहरें करती हैं तूफ़ान से
राधा करती है श्याम से
ऐसा प्रेम, जिसके मिलने की आस न हो
पर दिलों में दूरियाँ भी कुछ खास न हों
ऐसा प्रेम, जिसमें याद किए बिन रहा न जाए
और याद आए तो नींदें बरबाद कर जाए
ऐसा प्रेम, जो एकतरफ़ा होकर भी हर रोज़ बढ़े
ऐसा प्रेम, जो अधूरा होकर भी पूरा लगे।

□

मैंने लिखा-1

जो मेरी आँखों से बहे हैं वो आँसू भी लिखे,
जो लबों तक आकर ठहर गए वो अल्फ़ाज़ भी लिखे।

लिखी सारी मुलाक़ातें मैंने, सारे किस्से लिखे,
लिखी बाँहों की गरमी और हाथों की नरमी भी मैंने,
जो तुझसे बयाँ करने रह गए वो जज़्बात भी लिखे।

जो ना लिख पाए दुनिया के डर से वो था फ़क़त नाम तेरा,
एक तेरे करके मैंने दुनिया के सारे मर्द बेवफ़ा लिखे।

मैंने लिखा–2

कभी तुम्हें लिखती हूँ
कभी तुम्हारे लिए लिखती हूँ

लिखती हूँ मोहब्बत तुम्हारे लिए
गर लिखती हूँ इश्क़ तो तुम्हें लिखती हूँ

कभी एक और एहसास लिखती हूँ तुमसे जुड़ा
दर्द लिखती है क़लम मेरी जब भी होती हूँ तुमसे जुदा।

□

सूर्योदय

देखा है तुमने सूर्योदय कैसा लगता है
हर बार नया और ज़्यादा ख़ूबसूरत और ज़्यादा प्यारा
कि बार-बार देखकर भी एक बार और देखने का मन करे
मुझे हर मुलाक़ात पर तुम्हें देख ठीक वैसा ही लगता है

और जब बैठते हो मेरे पास
तो लगता है कि दिन निकल आया है सारा अँधेरा छँट गया है
कोई बुरा सपना तक आने की आशंका तक नहीं रहती
मेरी ज़ुल्फें सँवारते तुम्हारे हाथ ऐसे लगते हैं
जैसे हलकी-हलकी हवाएँ चल रही हैं
तुम्हारा क़रीब आना जैसे कड़ी धूप में आँखें बंद हो जाना
हमारी लंबी-लंबी बातें, मानो दोपहर बीत रही हो

और फिर तुम्हारा जाना जैसे ढलता सूरज
क्षितिज पर मिलते हम दोनों जैसे ज़मीन और आसमाँ
शांत प्रतिवेश में साँसों की आवाज़ें जैसे पंक्षियों का शाम को घर लौटना
सुकून से भरे दो दिल
तुम्हारा फिर लौट आने का वादा सूरज की ही तरह

एक नूर सा तुम्हारे चेहरे पर, होंठों पर हलकी मुसकराहट
आँखों में चाय के प्याले सी नमी और धीरे-धीरे तुम्हारा मेरे हाथों से अपना
हाथ छुड़ाकर आँखों से ओझल हो जाना

आज इतने साल बाद तुमने डूबते सूरज की तस्वीर भेजी तो
मुझे हमारा बिछड़ना याद आ गया।

□

ठीक नहीं किया

तुमने ठीक नहीं किया वह दिल तोड़कर
जो सिर्फ़ तुम्हारे लिए धड़कता है
ठीक नहीं किया तुमने
वह हाथ छोड़कर, जो सिर्फ़ तुम्हारे हाथ में जँचता है
हाँ, बहुत गलत किया तुमने
वह कंधा छीनकर, जिस पर सिर सिर्फ़ मेरा झुकता है
ठीक नहीं किया तुमने वह नूर छीनकर
जो तुम्हारे होने से मेरे चेहरे पर चमकता है
और अब भी बहुत ग़लत कर रहे हो तुम
मोहब्बत छोड़कर हुस्न चुन रहे हो तुम
मैं नहीं दूँगी बद्दुआ कि तुम इन ग़लतियों पर पछताओ कभी
मैं दुआ करूँगी कि तुम सब ठीक करने को फिर से लौट आओ कभी।

□

उम्मीद

दिल पहले भी टूटा कई दफ़ा, पर इतनी मोहब्बत तो न की थी, जितनी तुझसे इस दिल ने वफ़ा

तुम कहते हो भूल जाओ, ज़रा दिल के बिना जीना तो सिखाते जाओ

याद है क्या, मेरे पास बैठ तू अपने बचपन की शरारतों के किस्से सुनाता था,
तेरे चेहरे पर वो मासूमियत देख मेरा बचपन भी फिर से लौट आता था

मेरी आँखों में देखते-देखते तेरी कॉफ़ी ठंडी हो जाती थी
और तेरे जाने के बाद वो खाली मग देखकर याद भी तो कितनी आती थी,
जिस पर अभी तक लिखा है कि—'I'll always be there for u'

पता नहीं झूठा था या सच्चा, पर एहसास तो था
मैं तेरे लिए आम भले, तू मेरे लिए खास तो था

अंदाज़ा भी नहीं तुझे कि उस रात के सन्नाटे में भी कितना शोर था, जिस रात तेरी बाँहों में मेरी जगह कोई और था

शिकवा तुझसे कोई नहीं, पर सच ये भी है कि किसी और को खोकर इतना तो मैं रोई नहीं

इंतज़ार तेरे लौट आने का आख़िरी साँस तक रहेगा
इश्क़ सच्चा है मेरा, तेरे साथ भी था और तेरे बाद भी रहेगा

मैं राधा तो नहीं जो तेरे साथ चल सकूँ
मुझे मीरा ही बना ले कि मरने से पहले एक बार तो मिल सकूँ

काश, तू थोड़ा सा इंतज़ार ही कर लेता और जितना प्यार मैंने किया है, तू उससे आधा प्यार भी मुझे कर लेता।

□

जाने देती हूँ

मैं जाने देती हूँ तुम्हें लौटकर आने के लिए
फिर से तेरी यादों से अपने दिल को सताने के लिए

एक बार फिर तेरे कदमों की आहट को अपने घर की दहलीज़ पर सुनने के लिए
और अपने मन में ख़ुशी और घबराहट की मिश्रित तरंग उठने के लिए

तेरे नंबर को अपने फोन की स्क्रीन पर एक बार फिर देखने के लिए
और उसे देखते ही मेरी आँखों के इंतज़ार को मुसकान बनकर होंठों तक पहुँचने के लिए

हाँ, मैं जाने देती हूँ तुम्हें फिर से वो तड़प महसूस करने के लिए, जो तेरे बिना मेरा दिल पल-पल सहता है
वो तेरी ख़ुशबू जो मेरे बदन में रह जाती है और तेरे क़रीब होने का एहसास हर पल रहता है

तेरे हाथों की जकड़न मेरी कमर के चारों तरफ़ मैं महसूस कर सकती हूँ
जब भी तेरी पहनी हुई कमीज़ से मैं अपने तन को ढकती हूँ

जाने तो देती हूँ तुम्हें, पर तुम मेरा आधा सा हिस्सा अपने साथ ले जाते हो
कभी-कभी मैं अपनी धड़कनों से भी शिकायत करती हूँ कि तेरी यादों के बीच

ना आए और तब तुम और भी ज़्यादा याद आते हो

सिलवटों में ढूँढ़ती हूँ तुझे अपने बिस्तर की और छूकर सिरहाने तुमसे लिपटने के एहसास को ज़िंदा रखती हूँ
करके आँखे बंद एक बार फिर तेरी गरम साँसें अपनी गरदन पर महसूस करती हूँ

जाने के बाद तुम मुझे कितना याद करते हो इसका तो अंदाज़ा नहीं
पर इस जन्म में तुम्हें भूलकर जीने का मेरा तो कोई इरादा नहीं

हाँ, हर नई मुलाक़ात में एक मुक़म्मल ज़िंदगी जीने के लिए मैं तुम्हें हर बार जाने देती हूँ
अगली बार मिलेंगे या नहीं, इस डर के साथ मौत को धीरे-धीरे पास आने देती हूँ।

□

अलविदा

आज जब तुम्हारा हाथ छूटा, लगा जैसे हसीन ख़्वाब टूटा
जब टूटे सारे वादों के धागे, यूँ लगा हम नींद से जागे

कहा था मज़ाक में अलविदा कि तुम रोक लोगे लगाकर गले
क्या बीती होगी दिल पर सोचो जब हम बिन कुछ कहे तुमसे दूर चले

एक शब्द भी नहीं कहा तुमने न ही कोई हक़ जताया
उस एक पल में यूँ लगा, जैसे रूठ गया है मुझसे मेरा ही साया

शिकायत तुमसे अभी भी नहीं है कोई, क्योंकि इश्क़ किया था सौदा नहीं
पर जैसा इश्क़ किया है तुमसे, वैसा फिर हमसे होगा नहीं।

□

अहिल्या

मैं बैठकर उसे अपने एहसास बताती थी
न चेहरे पर मुसकान और न माथे पर शिकन आती थी

कभी लगता था कि पत्थर से दिल लगाया है
फिर सोचती लोगों ने तो भगवान् भी पत्थर से ही बनाया है

जब हम भगवान् में विश्वास रखते हैं तो प्यार में उम्मीद उससे भी रखी जा सकती थी
पर मैं राम तो नहीं थी, जो अपने स्पर्श से पत्थर को अहिल्या बना सकती थी

जज़्बात मेरे मिट्टी हो गए और वो बच्चों की तरह उनसे खेलता रहा
कौन से भ्रम में रहा दिल पता नहीं, जो हँसते-हँसते सारे दर्द झेलता रहा। □

सर्दियों की धूप

सर्दियों की धूप जैसे हो तुम, आगोश में लेते ही सुस्ताने पर मजबूर कर देते हो
बैठ जाऊँ कुछ देर अगर सोहबत में तुम्हारी तो आँखें बंद करके करीब आने पर मजबूर कर देते हो

जाना चाहूँ दूर तुमसे तो ठहर जाते हैं आँसू पलकों पर
करीब आऊँ तो सारा समाँ पिघलने पर मजबूर कर देते हो

सूख जाती है नमी आँखों की छूने से तुम्हारे और
सारे ग़म भुलाकर खिलखिलाने पर मजबूर कर देते हो

सर्दियों की मीठी धूप जैसे ही रहना तुम
क्योंकि आसान नहीं है भीगे तकिए पर नम आँखों से सोना हर रात
तुम ही हो जो हर सुबह मुसकराने पर मजबूर कर देते हो।

□

मेरी कविताएँ

जब-जब मैंने तुम्हारा इंतज़ार किया
एक कविता बनी
जब तुम मिलकर वापस गए
जाने के बाद भी एक कविता बनी
एक कविता बनी जब हम वादा करके भी न मिल पाए
एक कविता और बनी, जब तुम बिन आहट के ही चले आए
कविताएँ लिखी जाती रहेंगी, जब तक तुम्हारा आना-जाना रहेगा
एक कविता अभी भी अधूरी है तुम्हारे लौट आने के इंतज़ार में।

□

सँभाल लेती

तुम गिरते तो मैं सँभाल लेती
तुम बिगड़ते तो मैं सुधार लेती
तुम रूठते तो मैं मना लेती
रोते भी अगर तो हँसा लेती
लौटने का वादा करते तो वक़्त को थोड़ा जल्दी चला लेती
गुम हो जाते भीड़ में तो तुम्हारा नाम पुकार लेती
तुम किसी और को दिल में घर बसा बैठे
मैं कैसे अपने दिल को टूटने से बचा लेती।

□

मुरझाया फूल

किसी किताब से एक मुरझाया हुआ फूल गिर गया था
वो रौंदा जा चुका है
मिट्टी में मिल गया है
फिर से उगने को है
खिल गया है अब वह फूल पुनः
लेकिन उसे अब भी सही किताब की तलाश है।

□

अच्छा नहीं लगता

तुम्हारा यूँ आकर चले जाना अच्छा नहीं लगता
पूर्णिमा के चाँद की तरह तुम्हारा यूँ सब को लुभाना अच्छा नहीं लगता

जान-जान कहकर मिलता था जो
उसका न मिलने का एक भी बहाना अच्छा नहीं लगता

आँखें चार हुई थीं जिससे पहली ही नज़र में
उसका यूँ नज़रें मिलाकर नज़रें चुराना अच्छा नहीं लगता

तुम सबसे यही कहते फिरते हो न कि सिर्फ़ तुम ही से प्यार है
मेरे कानों के पास अपने होंठ रखकर तुम्हारा यही बात दोहराना मुझे अच्छा नहीं लगता

हाथ बढ़ाकर हाथ थामा भी होता तो क्या बात थी
पर ये उम्रभर का वादा करके पल में हाथ छुड़ाना अच्छा नहीं लगता

जिसको ख़याल रहता था मेरी हर छोटी ख़्वाहिश का
उसका किसी और की ज़रूरत बन जाना मुझे अच्छा नहीं लगता

हर कदम पर थामता था जो हाथ मेरा, लड़खड़ाने से पहले
उसका यूँ चंद लम्हों में बहक जाना मुझे अच्छा नहीं लगता

आँखें तो तुमसे मिलने से पहले भी नम ही रहती थी
पर यूँ आँसू पोंछकर फिर आँसू दे जाना अच्छा नहीं लगता।

□

हम इसे बचा नहीं पाए

हर रिश्ते की एक उम्र होती है
और वह उम्र ख़त्म हो जाने पर वह रिश्ता वेंटिलेटर पर अपनी आख़िरी साँसें गिनते हुए इनसान जैसा होता है
लेकिन हमें उस रिश्ते की यात्रा ख़त्म करते वक़्त एक-दूसरे से माफ़ी माँग लेनी चाहिए और यह बोल देना चाहिए कि
हम इसे बचा नहीं पाए
क्योंकि अगर यह बोले बिना चुपचाप रिश्ते में से कोई एक कहीं दूर निकल जाएगा
तो दूसरा सारी उम्र यही आस लगाए चौखट पर बैठा रहता है
कि शायद अभी भी कुछ अंतिम साँसें बाकी हैं
क्या पता वो मेरे साथ जीने को फिर लौट आए।

□

लौट भी आ

मैं ज़मीं तू आसमाँ
साथ चलते हैं, पर मिलते हैं कहाँ
मैं महज़ कतरा हूँ, तू ये सारा जहाँ
मैं तुझमें हूँ, पर तू मेरा कहाँ
मैं नदियों सी सीमित तू समंदर अथाह
मैं आकर मिलूँ तू गले से लगा
मैं जुगनू अँधेरी रात में, तू सूरज सा रोशन करे समाँ
तू दरिया सा बहे मैं किनारा तेरा
मैं ठहरी इंतज़ार में, तू अब लौट भी आ।

□

चाँद का खालीपन

हम मिले थे एक दिन रास्ते पर
कुछ देर फोन रखकर जेब में सोचा दुनिया ही देख लूँ
गाड़ी की पिछली सीट पर बैठ मैं बाहर देख रही थी और मेरी नज़रें अचानक उससे जा मिलीं
एकदम से जैसे किसी चुंबक ने लोहे की बिना एहसासों वाली मूर्ति को अपनी तरफ़ आकर्षित किया हो
और उस लम्हे के बाद एक पल के लिए भी मैं अपनी नज़रें उससे हटा नहीं पाई
जैसे-जैसे कार आगे बढ़ रही थी, वो भी साथ-साथ उसी रफ़्तार से चलने लगा
चूँकि मैं कार में थी तो बीच में पेड़ों या दुकानों के आने से मुझे कुछ पल के लिए वो दिखना बंद हो जाता
तो मैं बेचैन हो जाती और कार के शीशे से आँखें सटाकर उसे देखने की कोशिश करने लगती
फिर उसकी हलकी सी झलक मुझे दिख जाती और उसकी चमक देखकर फिर मेरे चेहरे पर मुसकान आ जाती
एक बार सड़क पर भीड़ होने के कारण गाड़ी रुक गई और वो भी साथ ही आकर थम गया, तब मैंने उसकी तरफ़ गौर से देखा
और सोचा कि दूर से इतना ख़ूबसूरत दिख रहा था
ज़रा ध्यान से देखने पर एकाएक ही काले धब्बे मुझे नज़र आने लगे
जैसे उसने भी बाकी दुनिया की तरह बस दिखावे की आदत डाल ली हो और

उसकी तरफ़ देखते-ही-देखते मुझे उसका दर्द अपनी आँखों में उतरता हुआ महसूस हुआ।

जिसे अकेली रातों में आसमान से ज़मीन को रोशन करता देखकर सुकून मिलता था

आज मैंने पहली बार उस चाँद का खालीपन महसूस किया था।

□

रंग

रंग न होते तो तेरे होंठों को गुलाबी कौन कहता
मेरी आँखें लाल देख मुझे शराबी कौन कहता
कौन कहता कि ज़ुल्फें बादल हैं
कौन लिखता कि घटाएँ काजल हैं
इंद्रधनुष की ख़ूबसूरती का ज़िक्र न होता
फूलों के खिलने और मुरझाने का फ़िक्र न होता
रंग न होते तो कौन श्रृंगार पर लिखता कविताएँ
तेरी लाल बिंदी और हरी चूड़ियों को भी सब कहते सदाएँ
न माँएँ सुना पातीं रंग-बिरंगी परियों की कहानियाँ
बागों में एक-दूसरे का हाथ पकड़े बिना ही बीत जाती जवानियाँ लाल प्रेम का
और सफ़ेद दोस्ती का प्रतीक न होता
'रंग दे बसंती' और 'मोहे रंग दो लाल' जैसा कोई गीत न होता
रंग न होते तो होली में महबूबा के गालों को छूने के बहाने न मिलते
दीवाली में रंगोली और झालरों के रंग दहलीज पर नहीं खिलते
प्रेम का है अपना रंग तो क्रोध व नफ़रत के भिन्न-भिन्न होते हैं
रंग महज़ रंग नहीं, एहसासों के प्रतिबिंब होते हैं।

□

ख़ुद को पत्थर क्यों बताते हो

ये जो तुम चुपके से आँसू पोंछकर आँख में कुछ चले जाने का बहाना बनाते हो
ये बताओ अंदर से रोते-रोते लबों से कैसे मुसकराते हो
उसे भूल जाने का सबको यकीन दिला देने के बाद भी
उसे याद रखने के इतने बहाने क्यों बनाते हो
बदल लिया था न तुमने अपने बोलने और लोगों से मिलने का तरीक़ा, जिसकी वजह से
अब उसके बाद भी उसके सिखाए हुए तरीक़े क्यों नहीं बदल पाते हो
जब एक नज़र में हो गया था प्यार और पहली मुलाक़ात में कर दिया था इज़हार
फिर सालों बाद उसके चले जाने का एतबार क्यों नहीं कर पाते हो
पहले भी तो चलते थे न सिर उठाकर अकेले ही
फिर अब क्यों भीड़ में ख़ुद को तन्हा पाते हो
जिन लम्हों में घंटों बैठकर साथ हँसते थे दोनों
उन लम्हों को याद करके अकेले में आँसू क्यों बहाते हो
अगर टूटे हुए हो तो मान लिया करो न
क्यों दुनिया के सामने ख़ुद को पत्थर बताते हो ?

□

एक शुक्रवार का सपना

एक शुक्रवार की सुबह हुई करीब चार बजे मेरी नींद खुल गई
आँखें बोझिल, दिल खाली था
फिर से सोने की कोशिश में मैं पलकें मूँदकर लेट गई
अब पता नहीं नींद आई या बस वहम था
सपना था या मेरे दिल का भ्रम था
खिड़की के उस पार एक फ़रिश्ता दिखाई दिया
सफ़ेद लिबास और चेहरा धुँधला सा था
काफ़ी दूर था मुझसे, पर एहसास बहुत क़रीब हुआ
वो मेरी ओर बढ़ता गया, मैं वहीं ठहरी रही
वो क़रीब आता गया मैं पीछे हटती गई
कुछ ही कदम मुझसे दूर आकर वो रुक गया
तब उसका चेहरा मेरी आँखों में कामिल हुआ
जाना-पहचाना था, पर इस बार कुछ उदास सा मालूम हुआ
चेहरे पर मुसकराहट थी, पर जज़्बातों का जैसे उसके खून हुआ
मेरे पीछे हटते कदम अचानक उसकी ओर बढ़ने लगे
घाव मेरे जो थे सारे, वो ख़ुद ही भरने लगे
उसने कहा नहीं था कुछ, बस हाथ ही बढ़ाया था
मैंने इनकार किया कुछ देर, पर दिल ज़िद पे आया था
हाथ से जैसे हाथ मिला, आसमान में बादल गरजे
जमकर बरसा अंबर से कहर, बिजली चमकी, तारे टूटे

पुराने दर्द सारे पिघलने लगे
आसमान में फिर एक बार अनेक सूरज चमकने लगे
मेरे होंठों पर जो परत जमी थी सदियों से उदासी की
वो झड़कर गिर गई एक उसकी आहट से
फिर कुछ ही दूर जाकर उसने मेरा हाथ झटक दिया
मैं हड़बड़ाहट में बिस्तर से उठ खड़ी हुई
खिड़की की ओर दौड़ी, पर कोई नहीं था
आसमाँ साफ़ था, पलकें गीली
बारिश तो हुई थी, पर खिड़की के बाहर अभी भी सब सूखा ही था
मैंने अपने नम गालों को छुआ तो याद आया
मेरा सुबह का सपना भी झूठा ही था।

□

बचपन वाली उत्सुकता

जब दरवाज़े पर घंटी बजती है तो घर में छोटा बच्चा सबसे पहले दौड़कर दरवाज़े के पास जाता है
उसे पता है कि उससे कुंडी नहीं खुलेगी
उसे यह भी पता है कि वह कुछ बोल भी नहीं पाएगा, हो सकता है वह पहचान भी नहीं पाए कि दरवाज़े पर कौन आया है
और उसे कोई शर्म भी नहीं आती कि वह तो नंगा है
फिर भी वह दौड़ता है सबसे पहले
कभी-कभी तो दौड़ते-दौड़ते घर के किसी सामान से टकरा जाता है
लेकिन उठकर फिर से दोगुनी तेज़ी से दौड़ता है
क्यों?
क्योंकि बचपन में उत्सुकता होती है
जो बड़े होते-होते ख़त्म हो जाती है
दरवाज़े पर घंटी बजते ही हम नहीं दौड़ पाते, क्योंकि अब हमें पता होता है कि कौन आने वाला है
हम बोलना सीख चुके हैं, लेकिन जो बोलना चाहते हैं, वह नहीं बोल पाते हैं
हम कुंडी खोल सकते हैं आसानी से, पर हमने दिलों पर ताले लगा लिये हैं
हम अच्छे कपड़े पहनकर भी दुनिया का सामना करने से घबराते

हैं और ख़ुद आईने से भी नज़रें चुराते हैं
टकराकर फिर से उठना तो दूर की बात, हम चलने से ही घबराते हैं
हमें फिर से बच्चा बन जाना चाहिए
हम कुंडी खोल पाएँ या न खोल पाएँ, हमें उत्सुकता से दौड़ना जरूर चाहिए।

□

बँटवारा

बँटवारे के बाद जो मुसलमान अपने घरों को छोड़कर पाकिस्तान चले गए उन घरों में कौन रहा होगा?
या जो हिंदू भारत आए, क्या वो घरों को साथ लाए थे?
हम एक-दूसरे को खदेड़कर उनके घरों में तो रह लेते हैं, पर हमें एक-दूसरे के पड़ोस में रहना मंज़ूर नहीं
वो जो मरने के डर से हिंदुस्तान में रहकर मुसलमान बन गए
या जो पाकिस्तान में रहकर ख़ुद को हिंदू कहने से मना करने लगे
उनको उस वक़्त किससे ज़िंदगी की भीख माँगनी चाहिए थी
भगवान् से या अल्लाह से?
कैसे करनी चाहिए थी इबादत—हाथ जोड़कर या हथेलियाँ खोलकर
हमें मौत के डर से धर्म बदल लेना मंज़ूर है, लेकिन जीते-जी दूसरे के धर्मों को अपना लेना मंज़ूर नहीं
जो उस पार गए, वो भी उदास थे, जो इस पार आए, वो भी ख़ुश तो न थे
पर अलग-अलग उदास रहकर ख़ुश हैं, क्योंकि हमें साथ रहकर ख़ुश रहना मंज़ूर नहीं
वो जो लाशें बिछी थीं गलियों में, जिन्हें न चिता की आग नसीब हुई और न ही क़ब्र की दो गज़ ज़मीन, वो नरक गए या जन्नत मिली होगी
हमें मरकर या मारकर नरक जाना मंज़ूर है, लेकिन जीते-जी इस धरती को स्वर्ग बनाना मंज़ूर नहीं
वो जो बेटियाँ ब्याही गई थीं कराची में और मायका छोड़ गईं इलाहाबाद में

वो क्या देख पाई होंगी अपने घर का आँगन आख़िरी दफ़ा
हमें उस वक़्त बेटियों का मायका छीनना भी मंज़ूर था, पर बेटियों का वहाँ ब्याहकर जाना मंज़ूर नहीं
हमें मंज़ूर है हर बार उजड़कर एक नया मुल्क बनाना
पर हमें एक मुल्क में रहकर वहाँ शांति से बसना मंज़ूर नहीं।

□

बुद्धिजीवी

बढ़ रहे हैं साधन
बदल रहे हैं प्रशासन
क्या हो रहा है विकास
या मानवता का निकास
हाँ, लड़ रहे हैं हम
पर क्या जीत रहे हैं हम
गति तेज़ है जीवन की
पर क्या सही दिशा में चल रहे हैं हम
मानवता चीख़-पुकार रही धरा पर
मंगल पर पाँव धर रहे हैं हम
चिंता कर रहे धर्म की
पर क्या धर्म पर चिंतन किए हैं हम
बुद्धिजीवी कहलाते हैं
पर क्या जीवों सी बुद्धि बरत रहे हैं हम ?

□

गिरहें

गिरहें ज़िंदगी की कभी ख़्वाहिश तो कभी बंदिशें भी
जब से ज़रूरतें हावी होने लगी हैं जज़्बातों पर
लगता है, पूरी दुनिया ही चल रही है जैसे गिरहों पर
कितने ही झूठे रिश्तों की आबरू बचाती गिरहें
कितने ही नए बंधन हर रोज़ बनाती गिरहें
कभी किसी गरीब के कपड़ों में पड़ी मैली सी लगती हैं
तो कभी महबूबा के बालों की शोभा बढ़ाती गिरहें
सुलझाने से इनको ज़िंदगी लंबी तो हो जाएगी
पर ज़िंदगी भर जिंदा होने का एहसास कराती गिरहें
दो टूटे हुए सिरे जोड़ देती हैं पल में
कभी ख़्वाहिशें तो कभी दुआ बनकर पीपल के पेड़ों से लिपट जाती हैं गिरहें।

□

कसीदे

हँसते-हँसते जीती थी वो, रोते-रोते हँसती थी
दिल बहलाने को दिन भर वो जतन अनेक करती थी
दिल न जाने कब से टूटा, पर कसीदे मोहब्बत के गढ़ती थी
जितने आए सबने तोड़ा, दिल उसका चकनाचूर हुआ
फिर भी माफ़ किया जाने वालों को, हर आने वाले पर विश्वास किया
मोम के जैसी कोमल थी, दिन भर लौ सी जलती थी
ख़ुद पिघलती थी अँधेरों में पर रोशन ये जहाँ करती थी
अपना न पाया कोई उसे और वो सबको खोने से डरती थी।

□

तुम्हें लिखना चाहती हूँ

मैं वो सब लिखना चाहती हूँ जो तुम बोल नहीं पाते
वो सब भेद उघाड़ने हैं, जो तुम खोल नहीं पाते
वो सारी बातें जिन्हें होंठों से बाहर निकलना था
पर दबकर रह गईं कहीं शांत चीखों में
वो सारा दर्द जो आँखों से छलकना था
पर छुपा लिया तुमने पलकों की ओट में
वो सारे एहसास जो दिल में टीस की तरह उठते हैं रह-रहकर
जिसे तुम समझा लेते हो हर बार 'सब ठीक है' कहकर
वो कोमलता जो घायल हो चुकी है वक़्त के नुकीले वार से
मुझे लिखने हैं वो सारे डर तुम्हारे जो छुपा लेते हो दूसरों पर बेवज़ह दहाड़ के
मुझे उस मासूम से बच्चे की शरारतें लिखनी हैं
जो समझदार दुनिया में कहीं खो गया है
मुझे वो शख़्स लिखना है जो मेरा होना चाहिए था
लेकिन अब वो ख़ुद से ही जुदा हो गया है।

□

आग लगी

'आग लगी, आग लगी' किसी ने चिल्लाया
'कहाँ लगी, कहाँ लगी' सब देखने को दौड़े
वीडियो बनाने लगे, फ़ोटो खींचने लगे
टिप्पणियाँ करने लगे, स्टोरी शेयर हुई, लेख लिखे गए
किसी ने भीड़ से पूछ लिया कि 'भाई, आग लगी कैसे'
सब गुस्से से उसकी ओर देखकर गुर्राए
'हुह, कैसे लगी'
'आग लगी है दिखाई नहीं दे रहा'
'वही तो पूछ रहा हूँ कैसे लगी'
सब एक साथ बोले कि 'न्यूज़ में देख लेंगे'
आग लगाई थी किसी कुरसी के भूखे ने
उसने कुरसी चुराने के लिए घर में चिनगारी सुलगा दी और चुपचाप
कुरसी बचा लाया
न्यूज़ चैनल वाले लगाने लगे इल्ज़ाम, करने लगे बहस और गुनहगार
ठहराया गया पड़ोसी को
इन भाई साहब ने न्यूज़ देखकर पड़ोसी का घर जला दिया
फिर शोर मचा—
'आग लगी, आग लगी' किसी ने चिल्लाया
'कहाँ लगी, कहाँ लगी' सब देखने को दौड़े
वीडियो बनाने लगे, फ़ोटो खींचने लगे

टिप्पणियाँ करने लगे
किसी ने भीड़ से पूछ लिया कि 'भाई, आग लगी कैसे'
सब गुस्से से उसकी ओर देखकर गुर्राए
'हुह, कैसे लगी'
'आग लगी है दिखाई नहीं दे रहा'
'वही तो पूछ रहा हूँ कैसे लगी'
सब एक साथ बोले कि 'न्यूज़ में देख लेंगे'
फिर घर आकर न्यूज़ में देखा गया
बहस हुई, इल्ज़ाम लगे और गुनहगार निकला पड़ोसी
पड़ोसी एक-दूसरे के घर में आग लगाते रहते हैं
न्यूज़ चैनल फ़ैसले सुनाते रहते हैं
और ये सब देख कुरसी वाले ठहाके लगाते रहते हैं।

□

तुम

तुम हद से ज़्यादा हँसती हो
तुम सबसे बातें करती हो
तुम बेफ़िक्र नाचती हो
तुम सबसे घुल-मिल जाती हो
तुम औरों के जैसे क्यों नहीं हो
तुम अलग नज़र क्यों आती हो
ये डर पैदा कर देता है
तुम बेवज़ह जो भिड़ जाती हो
कुछ देखकर नाक सिकोड़ते हैं
कुछ जलकर हाथ मसलते हैं
तुम नज़रअंदाज़ करती हो
फिर सबसे प्रेम जताती हो
लेकिन वो तुम्हारे जैसे नहीं हैं
वो तुम पर इल्ज़ाम लगाते हैं
वो तुम्हें बेहया बताते हैं
कपड़ों पर सवाल उठाते हैं
बातों से चरित्र-हरण कर जाते हैं
तुम भीड़ से अलग जो चलती हो
वो बरदाश्त नहीं कर पाते हैं
तुम उनको ललकार लगाती हो

नए कानून बनाती हो
वो थर-थर काँपने लगते हैं
जब तुम तलवार उठाती हो
न लक्ष्मीबाई, न सीता हो
तुम ख़ुद कृष्ण की गीता हो
तुम कर्म को अहम बताती हो
अगली पीढ़ी को राह दिखाती हो
छिपा लेती हो पैरों के छाले हँसकर
बस कदमों के निशान छोड़ती जाती हो।

□

माँ

माँ पूरे घर का शोर है
माँ बच्चों और पिता को बाँधती एक नाजुक डोर है
माँ हर नोक-झोंक का हल है
माँ घर का बीता हुआ और आने वाला दोनों कल है
माँ के बिना घर के सारे काम अधूरे हैं
माँ है तो परिवार के सारे रिश्ते पूरे हैं
घर में सब बिखरा रहे तो माँ उठाती है
माँ न हो तो घर की हर चीज़ बिखर जाती है।

□

तेरा नसीब

तेरा अन्याय पर भी खून नहीं खौलता
तेरी रगों में इतनी ममता भरी है
उनका तेरी चीखें सुनकर भी दिल नहीं पिघल रहा
उनके खून में इतनी बर्फ़ जमी है
ये ज़ंग उतार और रंग चढ़ा
दुर्गा को अब काली बना
तेरा कर्म तेरे पत्नी-धर्म से बड़ा होगा
जो रखता है ठोकर पर, कल तेरे चरणों में पड़ा होगा
ये दया की भीख तेरा नसीब नहीं है
दर्द होना बंद नहीं हुआ है, तुझे इसकी आदत हो गई है
ये जानलेवा बीमारी है, लेकिन
एक दिन में जान नहीं लेती
इसका इलाज मुमकिन नहीं
जब तक तुम ख़ुद को पहचान नहीं लेती
ये आँसू तेरी किस्मत नहीं हैं
तुझे इनको लावा बनाना है
औरत होना कोई गुनाह नहीं
ये ज़माने को बताना है।

□

प्रेम-विवाह

हँसकर विदा हुई थी, क्योंकि वादे हज़ार किए गए थे,
हसीन ज़िंदगी की चाहत में उस दिन सोलह श्रृंगार किए थे।

प्रेम-विवाह तो नहीं था, पर विवाह तक प्रेम तो हो ही गया था,
जागती आँखों से भी सपने देखती थी, अंदाज़ा भी न था कि उसका नसीब सो गया था।

बरात आई, रस्में हुईं सात जन्मों के साथ की कसमें खाई गईं,
सारे खोखले नियम लागू हो गए, जैसे ही वो घर में लाई गई।

मोहब्बत बेशुमार जो दिखाई गई थी, वो हवा हो चली थी,
अब ये घर पराया है कहकर वो रिश्ते भी बदल गए, जहाँ बचपन में पली थी।

सबको ख़ुश रखना था और काम भी सारे करने थे
शर्त इतनी सी थी कि अपने आँसू छुपाकर रखने थे

सैकड़ों उम्मीदें थीं और उसे हर एक पर खरा उतरना था
सारे रिश्तों की वेदी पर उस सीता को अकेले ही जलना था।

□

तुम्हारे वज़ूद पर सवाल है

जिसके पैदा होने पर ही बवाल था
मैं हैरान नहीं हूँ कि आज उसके कपड़ों पर सवाल है
जिसे खेलने के लिए भी बस गुड़िया ही मिलती है
क्या तकलीफ़ समझेगा कोई कि कैसे उसकी सारी ज़िंदगी शादी शब्द के इर्द-गिर्द कटती है
पराया धन है, क्या करेगी पढ़कर
घर का काम सीख लो यही काम आएगा आगे चलकर
नज़रें झुकाकर ज़रा धीरे चलो
लड़की को इतना मुसकराना शोभा नहीं देता
शादी में सब कह रहे थे कि कितना इज़्ज़तदार बाप है
बरातियों को शिकायत का मौका नहीं देता
ये शौक काम नहीं आएँगे ससुराल में नाचना और गाना
अरे पति के दिल तक का रास्ता होता है उसका मनपसंद खाना
कैसे किसी साथ पढ़ने वाले लड़के से तुम दोस्ती बढ़ा सकती हो
हाँ, फेरे लेकर तुम अनजान आदमी के साथ कहीं भी जा सकती हो
वो कैसे भी रखे, उसे ख़ुश रखना तुम्हारी ज़िम्मेदारी है
शायद इसलिए हमारे देश में बलात्कारियों की सज़ा पर अभी भी सोच-विचार जारी है
अरे, क्या करोगी कमाकर बच्चा भी तो पालना होगा
सास-ससुर की सेवा ही अब सबसे बड़ा धर्म है, उन्हें भी तो तुम्हें ही सँभालना होगा

तुम सपनों की दुनिया से बाहर निकलो, वो मिट्टी की दुनिया तो टूटने के लिए ही सजाई जाती है
स्त्री का तो धर्म ही है त्याग करना, इसलिए हर बार उससे अग्नि–परीक्षा करवाई जाती है
कभी बेटी, कभी बहन, कभी पत्नी तो कभी माँ, सारी उमर न जाने कितने किरदार निभाती है
हर नए मुखौटे के साथ उसकी पहचान बदल जाती है
जिससे वज़ूद है सारी सृष्टि का
गर्भ से लेकर मसान तक ये दुनिया उसके ही वज़ूद पर सवाल उठाती है।

□

दो बलात्कार

एक मोहल्ले में दो परिवार, जैसे दो अलग संसार
दोनों में बेटियाँ, दोनों की अलग परवरिश, दोनों का अलग था व्यवहार

एक अपने सपनों को पूरा करने की ज़िद पे अड़ी थी
तो दूसरी माँ-बाप की ख़ुशियों के लिए ख़ुद से लड़ी थी

एक आसमान छूने की राह पर थी और एक के रास्ते में किस्मत ने काँटे चुने थे
कपड़ों पर दोनों के ही सवाल उठ रहे थे—एक के ज़्यादा छोटे थे और दूसरी के पुराने हो चले थे

ज़्यादा बोलने, खुलकर हँसने वाली बदतमीज़ थी
और अपने हक़ के लिए भी आवाज़ न उठाने वाली की पैदाइश कुछ गरीब थी

हैवान आसपास रहते थे दोनों के, एक नज़रअंदाज़ करती थी
और दूसरी लोग क्या कहेंगे, इसका ज़्यादा ख़याल करती थी

फिर एक दिन मंज़र दोनों जगह बिल्कुल एक जैसा था
अलग किस्मत, अलग परवरिश, कपड़े भी अलग थे
पर समाज़ का रवैया दोनों के लिए ही गुनहगार जैसा था

जिसका बलात्कार हुआ था, उससे कोई शादी नहीं करना चाहता था और जिसकी शादी हो चुकी थी, उसका हर रोज़ बलात्कार हो रहा था।

□

अछूत

तेरह–चौदह साल की रही होगी
उम्र कुछ–कुछ कच्ची थी
सब कह रहे थे अब लड़की बड़ी हो गई
पर कोने में सहमी सी बैठी वो छोटी बच्ची थी

हुआ कुछ यूँ कि
इम्तिहान ख़त्म हुए थे स्कूल के, वो छुट्टियाँ बिताने नानी के घर गई थी
नवरात्र का त्योहार, अष्टमी के दिन घर में पूजा हो रही थी

तभी अचानक उसे महसूस हुआ अजीब सा दर्द अपने कुछ अंगों में
उसे अंदाज़ा भी नहीं था कि उसकी दुनिया ही बदल जाएगी चंद लम्हों में

कुछ गहरे लाल रंग के धब्बे जब उसके कपड़ों पर उभरने लगे
आसपास बैठे सारे लोग एक ही ओर घूरने लगे

भजन–कीर्तन छोड़ सब फुसफुसाते हुए उठ खड़े हो गए
'अरे! ये पाप कैसे हुआ, इनके घर में तो अपशकुन बड़े हो गए,

उस बच्ची के दिल का हाल किसी ने जानने की कोशिश भी न की

न ही किसी को उसकी आँखों से छलकते आँसू और न दर्द में
कराहती आवाज़ सुनाई दी

सब 'तौबा, तौबा' कहकर घर से बाहर जाने लगे
कुछ गंगाजल से पवित्र होने की बात कर रहे थे, कुछ वहाँ न रुकने
के कारण गिनाने लगे

नानी ने गुस्से से तमतमाते हुए कहा कि सुनो ऐ लड़की, अब रोने
से कुछ न हो पाएगा
ये महीने के उन दिनों का दर्द है, कुछ दिन में अपने आप ठीक
हो जाएगा

पर सुनो आज से तुम्हें कुछ नियम अपनाने होंगे
न छुओगी तुम रसोई में कोई सामान अगले पाँच दिनों तक
और न ही तुम्हें अपने कपड़े दूसरों के साथ धुलाने होंगे
ज़मीन पर सोना, सबसे आख़िर में नहाना
और उस कोने में तुम्हें रहना है अगले पाँच दिन, वहीं मिलेगा तुम्हें
तीन वक़्त का खाना,

ये सुनकर कुछ सकुचाई सी मन में
सोचने लगी कि ऐसा क्या बदल गया अचानक मेरे जीवन में

दर्द और अपमान सह रही थी खड़े-खड़े जिस पंडाल में
वहीं सजी बैठी थी अंबे माँ सोलह श्रृंगार में

हाथ जोड़कर मस्तक उसने माँ के सामने झुकाया
और पूछा कि हे माँ, क्या तुम्हें भी इन पाँच दिनों तक ये लोग कर
देते हैं यूँ अंत्यज काया

तेरा अंश हूँ तो कैसे तुझसे भिन्न हूँ
माँ कहकर पूजा ये तेरी कर रहे आठों पहर तो तेरी बेटी होकर भी मैं क्यों खिन्न हूँ

ये कैसा रोग है, जिसके बारे में माँ ने कभी कुछ न बताया, न ही स्कूल में किसी अध्यापिका ने ऐसा कुछ समझाया

अगर ये सबको होता है तो अचानक से आई बला सा क्यों लग रहा है
और अगर ये बात है आम सी तो इसपे इतना हल्ला क्यों मच रहा है

फिर भीड़ से आती एक आवाज़ ने सबका ध्यान अपनी ओर आकर्षित किया
पास आकर उस बिलखती बच्ची को एक शख़्स ने गले से लगा लिया
उसने समाज के सारे खोखले नियमों को एक क्षण में नकार दिया
सिर सहलाकर उस बच्ची का बोले कि कैसा पावन अवसर है, माँ ने आज अपने दरबार में एक और बेटी को माँ होने का उपहार दिया
शर्म आती है मुझे ऐसे समाज पर, जिसमें एक स्त्री ही स्त्री को अछूत कहती है
जिस जननी का कर रहे अपमान क्यों भूल रहे हो कि मानवता की संरचना वहीं से होती है

हाथ–पीठ–जननांगों में होती है असहनीय पीड़ा, फिर भी निःशब्द सी वो सब सहती है
पाँच दिनों तक बहता है खून बदन से, फिर भी वो उफ़्फ़ तक न कहती है

ये दर्द भी उसे अपने लिए नहीं मिला, ये भी वो तुम्हें जन्म देने को सहती है
हलके रंग के कपड़े नहीं पहन सकती, दाग़ लगने का डर रहता है
अचार-मिठाइयाँ छू नहीं सकती, सड़ जाने का डर रहता है

एक माँ दूसरी माँ से रुष्ट हो जाएगी, मंदिर जाए तो पंडित कहता है
'कामाख्या माँ की मूर्ति से भी तो तीन दिन तक खून बहता है
फिर उस पत्थर की योनि से निकले पवित्र रक्त का छींटा पाने को
लालची दुनिया का मेला लगा रहता है'

पत्थर की हो या हाड़-मांस की महावरी में भी हर स्त्री पूजनीय होती है
इस कविता से मुझे बस इतना सा बताना है कि स्त्री इन दिनों अछूत नहीं, माँ दुर्गा सी पवित्र होती है।

□

बेटियाँ

कभी हम बेटियों को फूल कहते हैं, कभी चिड़िया, कभी तितली, तो कभी चाँद पर ये सारी ही चीज़ें तब ज़्यादा ख़ूबसूरत लगती हैं, जब उन्हें वैसे ही रहने दिया जाए, जैसी वो हैं

जैसे फूल बागों में खिले हुए और चिड़ियाँ खुले आसमान में बेखौफ़ उड़ती हुई सबको भाती हैं

फिर वो बेटियाँ क्यों कहलाती हैं बेहया, जो ज़माने में अपने सपनों को पूरा कर अलग पहचान बनाती हैं

तितली लुभाती है सबका मन, अपनी चंचलता से और रंग-बिरंगी अदाओं से मोह लेती है सबके दिलों को

पर चाहती नहीं कि कोई भी उसे महज़ सुंदर होने की वज़ह से अपनी उँगलियों के बीच मसल डाले

ठीक वैसे ही बेटियाँ भी अगर देख रही हैं दुनिया अपनी नज़रों से तो वो नहीं चाहती कि कोई भी उनके चरित्र पर बुरी नज़र डाले

जैसे चाँद होता है रोशन हर रात फलक पर और बिखेर देता है रोशनी इस पूरी धरा पर

वैसे ही बेटियाँ भी करती हैं दो घर रोशन

जैसे चाँद अपने ऊपर लगे दाग़ों की परवाह किए बगैर लाखों तारों के बीच अकेला चमकता है, ठीक वैसे ही बेटियों को भी अधिकार होना चाहिए अपनी सारी कमियों को अपना लेने के बाद भी अपने ऊपर गुरूर करने का।

□

इज़्ज़त दाँव पर लगाती है

जब भी एक स्त्री घर की ज़िम्मेदारियाँ पूरी कर कुछ वक़्त अपने लिए जीने को बाहर निकलना चाहती है
चाहे नौकरी करे या व्यापार या हो कोई कलाकार
वो घर में रहने, रोड पर चलने और साथ काम करने वाले मर्द की आँखों में अपने लिए सिर्फ़ इज़्ज़त देखना चाहती है
लेकिन हर मुमकिन कोशिश करने पर भी समाज की मानसिकता नहीं बदल पाती है
कुछ दिन नकारती है अपना पीछा करती निगाहों को
जवाब देती है अपने कपड़ों पर उठते सवालों का
फिर या तो बेशरम कहलाती है या बेबस होकर घर में बैठ जाती है
सामना करती है हवस, ईर्ष्या, अहंकार और तिरस्कार का हर रोज़, पर अफ़सोस, इज़्ज़त पाने की कोशिश में वो इज़्ज़त ही दाँव पर लगाती है
बाहर सन्नाटा बेशुमार रहता है, अंदर शोर बरकरार रहता है
आँखें बेबसी की दास्ताँ कहती हैं, आत्मा को इन्हीं बेड़ियों का मलाल रहता है
बेगुनाह होते हुए भी उसकी ओर उठती हर निगाह में सवाल होता है
अपनी शर्तों पर ज़िंदगी जीने वाली हर स्त्री का यही हाल होता है
लेकिन अब ठान लेना होगा तुम्हें कि और सहना नहीं है
सजता है आत्मविश्वास भी खूब केवल श्रृंगार ही तुम्हारा गहना नहीं है
रावण को तिनके से भस्म कर देने की क्षमता सीता में भी आज भी कहीं है
चीरहरण से बचने को याचना करे गोविंद से अब द्रौपदी के हित में नहीं है।

□

कहानी उसके जीवन की

हर ज़िल्लत, हर उपहास बरदाश्त किया
हर बार सही वक़्त का इंतज़ार किया

जब–जब सोचती कि बस अब और नहीं
तब–तब ख़ुद से समझौता कर एक आख़री कोशिश करने का विचार किया

सालों तक नफ़रत, कठोरता और निराशा ही आई हक़ में
जितनी बार भी हक़ से सरोकार किया

तुम ठोकर पे रखते, वो सिर पे बैठाती
हर अपमान को दरकिनार किया

वो लक्ष्मी और सरस्वती का वरदान थी
सीता बनकर फिर भी उसने बरसों तक वनवास किया

तप त्याग कुछ काम न आए
बैठकर तब ख़ुद से ही साक्षात्कार किया

कौन से धर्म का पालन करे, कौन सा कर्म अधूरा छूट गया
बस इसी बात पर तो ज़िंदगी भर विचार किया

फिर एक दिन पहला और आख़री फैसला अपने हक़ में लेकर
अलविदा कहे बिना ही मौत की बाँहों को जीवन का उपहार दिया।

□

बेहया

जो धधकती थी उसके दिल में, अब उसकी आँखों में नज़र आने लगी
चूल्हा जलाने वाली आग अब तुम्हारे अहंकार का जंगल जलाने लगी

रात भर आँखों से तकिए पर बहने वाली नदी, अब उजालों में लबों किनारे मुसकराने लगी
शारीरिक प्यास बुझाने लायक ही समझा था जिसे, वो सुनामी बनकर खोखली मर्यादाएँ बहाने लगी

निःशब्द सबकुछ सहने वाली संस्कारी नारी
जब अपने लिए जीने लगी तो 'बेहया' नज़र आने लगी।

□

ज़माना बदल रहा है

देखो ज़माना बदल रहा है और इसके साथ-साथ बदल रही हैं लड़कियाँ भी
पर लड़कियों के लिए ज़माना कभी नहीं बदलता और न बदलेगा
पर उन्हें तुम्हें बदलते रहना होगा, क्योंकि तुम्हारे बदलने से ही ज़माने की दोहरी मानसिकता सामने आती रहेगी और
यह समझ जाएगा कि केवल लड़कियाँ ही बदल रही हैं
ज़माना आज भी वहीं-का-वहीं ही है
अपनी मैली-कुचैली मानसिकता के साथ बदलाव का आवरण ओढ़े हुए।

□

कौन समझदार

उसे लग रहा है कि वो काफ़ी समझदार है
मुझे नहीं लगता कि वो मुझसे समझदार है

सुनने वाला सोचता है कि बेकार हैं बातें सारी इसकी
बोलने वाला सोचता है कि वो ही समझदार है

सब समझ रहे बेवकूफ़ एक-दूसरे को
हर कोई समझ रहा है कि वही समझदार है

सब कठपुतलियों की समझ के धागे एक ही हाथ में हैं
केवल नचाने वाला जानता है कि कौन समझदार है।

□

आधा कप चाय

शाम चार बजे मैं घर में अकेली होती हूँ
एक कप चाय बनाती हूँ
जिसमें चायपत्ती ज़्यादा और चीनी थोड़ी कम रखती हूँ
सुबह मैं ऐसी चाय नहीं बना पाती, क्योंकि सुबह की चाय मेरे काम का हिस्सा होती है
इस वक़्त मैं चाय को चूल्हे पर रखकर किन्हीं ख़यालों में खो जाती हूँ
और अपने घर की बालकनी में एक कुरसी लेकर बैठ जाती हूँ
चाय उबल-उबलकर आधा कप रह जाती है
लेकिन फिर भी वह चाय मुझे अच्छी लगती है
क्योंकि वो समय जो आधा कप चाय बनाने और पीने में लगता है
सिर्फ़ वही वक़्त मैं अपने लिए जीती हूँ।

□

सपनों वाली लड़की

न जाने कितने सालों से मेरे सपने में एक छोटी लड़की आती है
वह हर रोज़ आसमान छूने की कोशिश करती है
लेकिन कुछ अपने से लगने वाले चेहरे उस पर हँसने लग जाते हैं
और कुछ सहारा देने वाले कंधे पीछे हट जाते हैं
वह नीचे गिर जाती है और थककर बैठ जाती है
रोती है, चिल्लाती है, ख़ुद-से-ख़ुद की पीठ थपथपाती है
सालों से वह लड़की हर रोज़ यही कहानी मेरे सपने में दोहराती है
वह आज भी वहीं है, लेकिन थोड़ी और हिम्मत के साथ हर रोज़ एक-एक कदम आगे बढ़ाती है
उस छोटी लड़की का सपना देखते-देखते मैं बड़ी हो गई हूँ
वह मुझे अपनी मदद के लिए पुकारती है
मुझे अब उस सपनों में आने वाली लड़की का सपना पूरा करना है।

□

कंधे

बचपन में रोए तो माँ ने कंधे से लगाकर सुलाया था
पापा ने भी तो मेले में रावण कंधे पर बैठाकर दिखाया था
स्कूल गए तो इन्हीं कंधों पर बस्ते ने जगह बना ली थी
पढ़ते-लिखते आगे बढ़ते इन्हीं कंधों पर ज़िम्मेदारी डाली गई
कंधा ही तो काम आया था, जब महबूबा की आँखें भर आई थीं
कंधे उचकाते पहुँचे थे, जब वह पहली बार मिलने आई थी
जीतकर जो तमगे मिले, वे भी कंधों पर ही सजे थे
हारकर जब लौटे घर तो कंधे ही दब चुके थे
नाकामयाबी का सारा बोझ कंधों ने ही उठाया है
जब-जब उम्मीदों पर खरे उतरे, यारों ने कंधा ही थपथपाया है
बहन की डोली उठाते हैं भाई के कंधे से मिलकर चलते हैं
माँ-बाप की ख़्वाहिशों के लिए श्रवण कुमार कंधे ही तो बनते हैं
चेहरा सजाने में रह न जाना कंधों पर ज़रा गौर करना
माँ की पहली थपकी से मौत की आख़िरी झपकी तक का सफ़र कंधों पर ही तय है करना।

□

पहली दस्तक

हर तरफ़ से हार मान जाने के बाद थककर मैं बैठ गई
और कहा उससे कि बहुत हो गया अब और नहीं
मुझे नहीं पता कि आगे क्या करना है
अब मैं सिर्फ़ तुम्हारे भरोसे हूँ और मैं बिल्कुल बरदाश्त नहीं करूँगी
न ही मैं किसी से उम्मीद करने वाली हूँ और न ही किसी का इंतज़ार करने वाली हूँ
जो हाथ बढ़ाकर मुझे रास्ता दिखा सके
कहाँ-कहाँ नहीं ढूँढ़ा, मैंने कितनों से रास्ता पूछ लिया
थक चुकी हूँ मैं दिक्कत क्या है
अब और कितना, कब तक और क्यों ऐसा भी क्या किया है मैंने
हद होती है हर चीज़ की, दर्द का अंदाज़ा भी नहीं लगा सकते तुम मेरे
और अब सच बताऊँ तो न मुझमें क्षमता है दर्द सहने की और तुमसे शिकायत करने की भी नहीं है
अब मुझे बस तुम बता दो अपने आप ही कि मैं आगे चलूँ तो कैसे चलूँ या फिर यहीं रुक जाऊँ
उसने इशारा किया और हँसकर कहा—अब हार मान जाओगी इतनी नजदीक आकर
आँखें उठाकर तो देखो सामने दरवाज़ा है, दहलीज़ पर बैठी हो
बस थोड़ा धक्का लगाकर खोलना है ये दरवाज़ा और पता चल जाएगा कि मैं

क्यों नहीं रोक रहा था अब तक तुम्हें

इतने सवाल करती हो न तुम, कितनी शिकायतें रहती हैं हमेशा मेरे लिए

और फिर कह रही हो मुझसे कि मैं बताऊँ, क्यों बताऊँ मैं

कभी पूछा तुमने मुझसे कि मुझे क्या करना है

और जब मैंने बताना चाहा तो तूने सुना नहीं और अब कह रही है कि बहुत हो गया

मतलब यह तो वही बात हो गई, उल्टा चोर कोतवाल को डाँटे

मैंने आँसू पोंछे और कहा कि ठीक है न

फिर मैंने सारी ताकत लगाकर वो दरवाज़ा खोला और उस वक़्त वो मेरे बिल्कुल साथ में खड़ा था

मैंने चलना शुरू किया और वो मुझे रास्ते बताता गया

अब बस मैं चलती रहती हूँ उसका एहसास अपनी आत्मा में लिये हुए

जिधर को इशारा करता है, उधर मुड़ जाती हूँ

एकदम से बस एक दरवाज़े के खुलने से सारी शिकायतें ख़त्म हो गईं

उसके और मेरे बीच की सारी दूरी उस एक लम्हे में सिमट गई, जिस वक़्त मैंने हिम्मत करके, आगे बढ़कर हमारे बीच के उस दरवाज़े को धक्का दिया था

अब बस चेहरे पर हलकी सी मुसकान है

यह आत्मा की परमात्मा से मिलने की दास्तान है।

□

आख़िर कौन है उस ओर

एक बार फिर दस्तक हुई, फिर से नए दरवाज़े खुलने पर थे
मैंने कोशिश की बहुत रोकने की, लगा कोई अजनबी है
वो झाँक रहे थे दरवाज़े की एक दरार से अंदर की ओर
मैंने भी सोचा कि मैं भी झाँककर देखती हूँ
आख़िर कौन है उस ओर
और जैसे ही मुझे उनका दीदार हुआ
मैं कुछ देर के लिए न तो सँभल पाई और न ही मुझे विश्वास हुआ
सच नकारकर मैंने ख़ुद को बहलाने की कोशिश की, जैसे मुझे कोई वहम हुआ
लेकिन वो उस ओर खड़े मुसकरा रहे थे
मानो कह रहे हों कि पुकारती भी ख़ुद ही हो और नकारती भी ख़ुद ही हो
मैंने रोकर कहा कि आप झूठ बोलते हैं
ऐसे बुलाने से भला आप किससे मिलते हैं
उन्होंने फिर हँसकर कहा कि मैंने आज तक किसको मिलने से मना किया है, पर तुम ये भी तो बताओ कि मेरी ही दुनिया में मेरे वज़ूद को किसी ने पूरे विश्वास से कब स्वीकार किया है
मैं सुन सकती हूँ, आपको देख भी सकती हूँ, सच है क्या
लग तो मुझे सपने जैसा रहा है

मैंने तो सुना है कि आप जिसको मिलते हो, उसको सब त्याग के जाना पड़ता है

यहाँ से कहीं दूर, सबसे अलग संन्यासी होकर

इस बार मुसकराते हुए सिर पर हाथ फेरा और बोला, 'ये जो समाज है तुम्हारा इसने पाखंड रचने की कला में बहुत महारत हासिल की हुई है और तुम भी तो अब तक चल रही थी आँख मूँदकर उनके पीछे-पीछे

क्रांतिकारी ही तो संन्यासी होता है, वो कहीं जाकर क्रांति कैसे लाएगा

उसको तो रहना पड़ेगा इस संसार में, सहना पड़ेगा और फिर पूरा संसार ही तो मेरा है

जहाँ रहोगी, वहीं हूँ मैं

ऐसे संन्यास का भी क्या मोल जो बस अपने लिए है

अगर मुझसे प्रेम है तो मेरी बनाई हर चीज़ से प्रेम करना होगा और वो कहीं दूर भागकर तो कर नहीं पाओगी

जहाँ हो, वहीं रहो और अपने आसपास एक नई ऊर्जा और क्रांति की आभा फैलने दो

आत्मज्ञान की शक्ति किसी तलवार से कम नहीं होती और सबसे अच्छी बात है कि ये तलवार किसी की जान की दुश्मन नहीं होती'

मैं मौन और स्तब्ध सी उनकी बात सुन रही थी

मुझसे मेरे आँसू नहीं रोके जा रहे थे

और वो मेरे सिर पर हाथ रखे बस मंद-मंद मुसकरा रहे थे।

□

अनकही

अगर मैं उतना कह पाऊँ जितना मैं समझती हूँ
तो यह दुनिया मुझे समझ नहीं पाएगी
मैं मेरी समझ से बहुत कम कह पाती हूँ
क्योंकि मुझे कहने के लिए वो लोग नहीं मिलते जो समझ पाएँ
इसलिए मैं उठती हूँ और घर के एक कमरे से दूसरे कमरे में टहलने लगती हूँ
किताबें उठाती हूँ, पन्ने पलटती हूँ
तो कभी मैं शून्य में वह टटोलने लगती हूँ कुछ ऐसा, जो कागजों को मेरी समझ से भर दे
लेकिन वह शब्द नहीं मिलते
इस दुनिया में बहुत सारी बातें अनकही इसलिए रह गईं
क्योंकि उन्हें कह पाने के लिए उचित शब्द नहीं मिल पाए
और न कह पाने की वजह से उन्हें गलत समझ लिया गया
जैसे करण कैसे कहता कि मुझे युद्ध नहीं लड़ना, मैं तो केवल अपने भाग्य से लड़कर उसे हराना चाहता हूँ।

पत्थर

मन भर गया है और आँखें भी
न पलकों से आँसू टपकते हैं
न लबों से बोल फूटते हैं
दर्द किस हद तक ताले लगा देता है
हर उस जगह जहाँ से व्यक्त हो सकती हैं संवेदनाएँ
कभी-कभी मुझे लगता है
पत्थर भी इनसान ही रहा होगा
जो वेदनाओं से भर गया होगा
न पलकें छलकी होंगी, न होंठ खुल पाए होंगे
वेदना दिन-पर-दिन और गहरी होती चली गई
ठीक उसी तरह हम भी एक दिन पत्थर बन जाएँगे
लेकिन इतना तय है कि पत्थर पैदा नहीं होते
पत्थर बनाए जाते हैं
कभी धोखे से, कभी पीड़ा से
कभी तिरस्कार से और कभी पाखंड से।

□

बात

सोच रही हूँ आज क्या बात करूँ
तकलीफ़ें गिनवाऊँ या बदलाव की बात करूँ
जो सबकी समझ में आ जाए वैसी
या फिर समझदारी वाली बात करूँ
सुनकर तालियाँ बजती रहें जिस पर
या सुन्न हो जाओ सुनकर ऐसी बात करूँ
मुहब्बत की बात करूँ या नफ़रत की बात करूँ
इनसानियत का धर्म निभाऊँ या तेरे-मेरे मज़हब की बात करूँ
बात करूँ क्या ऐसी जिस पर हल्ला हो जाए
या फिर जो कानों में फुसफुसाई जाए ऐसी बात करूँ
आजकल हर बात से बात निकाल ली जाती है
मैं बेलगाम हो जाऊँ या ज़ुबाँ सँभालकर बात करूँ
तुम्हें जो समझना होगा, तुम वही समझोगे
मैं ऐसी-वैसी, अच्छी-बुरी कैसी भी बात करूँ।

□

कान्हा

जब राधा रुक्मिणी से मिली होगी
मन में उसके थोड़ी टीस तो उठी होगी
कुछ तो है मुझसे बेहतर रुक्मिणी में
किया होगा ख़ुद से ही सवाल
गोविंद ने तभी तो जीवनसंगिनी चुनी होगी
चेहरे की मुसकान के पीछे
रुक्मिणी के भी मन में ईर्ष्या कहीं दबी होगी
राधा से करके प्रेम
मुझे किस बात की सज़ा दी
दिल-ही-दिल में सोचती होगी
दोनों में से किसी को भी पूरे नहीं मिले
कृष्ण, ये लीला तुमने कुछ सोचकर ही रची होगी।

□

वहम

ये ज़ख़्म शायद एक दिन भर भी जाएँगे
लेकिन निशान देख-देखकर याद ज़रूर आएँगे
हम सह तो रहे हैं सब हँसते-हँसते
पर ये न सोचना कि कभी माफ़ कर पाएँगे
जितने आँसू गिरे हैं पलकों से
सब एक दिन हिसाब माँगने आएँगे
तुम चुप रह जाते हो अपनी जिन गलतियों पर
ये सारे गुनाह एक साथ चीखे-चिल्लाएँगे
रोने पर मजबूर किया है जिसने रातों को
उसे वहम है कि सोने के बाद सपने सुहाने आएँगे।

□

सिक्का

सबकुछ बिखर रहा है
सँभाला कैसे जाए
डूबती कश्ती को तूफ़ान से
निकाला कैसे जाए
जिससे मोहब्बत हुई थी पहली नज़र में
उसे भी इश्क़ है मुझसे
ये वहम पाला कैसे जाए
हाँ, पता है
दर्द होता है एकतरफ़ा प्यार में
पर ये काँटा दिल से निकाला कैसे जाए
हार–जीत तो दूर की बात है
जान की बाज़ी लगाकर सिक्का उछाला कैसे जाए?

□

फ़ितरत

नए लोगों से मिलकर अकसर बातें पुरानी याद आती हैं,
चेहरे बदल जाते हैं, फ़ितरत कहाँ बदल पाती हैं।

ऐसा भी वक़्त आता है, जब अकेले रहने को जी चाहता है,
अचानक फिर किसी अजनबी की आहटें हो जाती हैं।

जो कहते हैं कि न करेंगे अब बात भी किसी से,
और फिर यूँ होता है कि अनचाही मुलाक़ातें हो जाती हैं।

दिन में भी घंटों सो जाया करते थे तन्हा रहने के डर से कभी,
अब पलक झपकाए भी न जाने कितनी रातें हो जाती हैं।

आना-जाना लगा ही रहता है लोगों का ज़िंदगी में,
एक पल में टूटकर बिखर जाते हैं, अगले पल नई मोहब्बतें हो जाती हैं।

□

मंज़िल

कितने ही काश थे जो दिल में लाश की तरह पड़े हैं,
जहाँ कभी नहीं पहुँचना था, आज हम वहीं खड़े हैं।

सपने सारे बह गए आँखों से पानी के साथ ही,
एक हम हैं कि अभी भी सोने से डरे हैं।

मंज़िल पर पहुँचने से पहले ख़्वाहिशों ने दम तोड़ दिया,
फिर किसकी तलाश में आज घर से निकल पड़े हैं।

मरने की एक वजह हर रोज़ मिल जाती है,
न जाने कौन सा तर्क देकर जीने पे अड़े हैं।

□

एक लड़का

एक लड़का है जो मुझे देखकर हौले से मुसकराता है
मैं अगर पलटकर हँस दूँ तो नज़रें चुराता है
शरारत छुपी है उसकी हर हरकत में
मेरे सामने से गुज़रता है तो संजीदा हो जाता है
दिन भर सवालों की झड़ी लगा देता है
और मैं एक जवाब माँग लूँ तो लड़खड़ा जाता है
चेहरे पर उसके मासूमियत झलकती है
पर आँखों में तूफ़ान छुपाता है
मैं अभी भी अनजान हूँ उसके लिए
पता नहीं क्यों वो मुझे अपना सा नज़र आता है।

□

फिर एक बार

तुम पहले जैसे हो जाओ न
फिर से मुझे वैसे ही चाहो न
पहली बार जिस अल्हड़ से लड़के से मिली थी मैं
उसी लापरवाही से फिर मुझसे टकराओ न
मैं मुड़कर देखूँ तुमको इस बार भी
तुम भी मेरी तरफ़ मुड़कर मुसकराओ न
सामने से आते देख पलकें झुका लूँ
एक बार फिर वैसे ही नज़रें मिलाओ न
ढूँढ़ लिया करो मुझसे बात करने के बहाने अब भी
एक बार फिर मुझे पहली दफ़ा मिल जाओ न।

□

चिड़िया

हर सुबह मुझसे भी पहले वह उठ जाती है
मेरी ही तरह तिनका-तिनका समेटकर अपना घर सजाती है
न पूछती है मुझसे, कुछ न अपना हाल बताती है
जितना मिल जाए, उतने में वह सारे फ़र्ज़ निभाती है
वह चिड़िया मुझे मेरे जैसी लगती है
जो मेरी रसोई की खिड़की के बाहर घोंसला बनाती है।

□

उनकी आँखें

विभिन्न प्रकार की आँखें थीं मेरे आस पास
अद्‌भुत, सामान्य, बड़ी, छोटी, सुंदर, भूरी और कुछ काली
सभी में अलग-अलग भावनाएँ छिपी थी, एक भी न दिखी खाली
मैंने नहीं देखा किसी को लड़कों की आँखों के बारे में लिखते हुए,
पर मेरी आँखों ने देखे अगिनत आँसू पलकों के पीछे छिपते हुए
मैंने बड़े ही ध्यान से देखी हैं लड़को की आँखें,
और पाया कि उनकी पलकें हमसे सुंदर और घनी होती हैं
क्योंकि उन्हें हक़ नहीं मिला आँसू बहाने का,
और अकसर वहाँ फसल में सघनता होती है,
जहाँ की ज़मीन में नमी होती हैं।

□

आज मैंने लिखते-लिखते कहानी से एक किस्सा मिटा दिया
दिल के जिस हिस्से में तुम्हें बसाया था, वह हिस्सा हटा दिया
अब इस दिल में तुम्हारे सिवा कोई आएगा भी नहीं
दास्तान वही पुरानी दोहराएगा भी नहीं
किसी को देखकर अब बेवज़ह धड़कनों की रफ़्तार नहीं बढ़ाता
मैंने दिल को हदों में रहना सिखा दिया है।

घर की चारदीवारी के बीच ज़िंदगी उलझी सी पड़ी रहती है
कभी रसोई तो कभी कमरे की सफ़ाई करते-करते वक़्त की कुछ डोरियों से
कुछ ख़याल बुन देती हूँ
फ़र्श पर बिखरी ज़िंदगी के लम्हों से कुछ शब्द चुन लेती हूँ
ताकि इस दुनिया की दी गई प्रताड़नाओं की तपिश से आपकी रूह को कुछ
सुकून पहुँचा पाऊँ।

जो तुम दोगी उसे तोहफ़े में वह अपने साथ ले जाएगी
तुम्हारी बेटी है तुम्हारी गलतियाँ भी दोहराएगी
तुम हर रोज़ चाहती हो कि बेटी की तक़दीर बदल जाए
वह परछाईं है तुम्हारी, तुमसे अलग वज़ूद कैसे पाएगी
तुम बदलोगी जिस दिन ख़ुद को, वह बदलाव की परिभाषा समझ जाएगी।

जितना डरोगे उतना डराएगी, हर ख़ता पर तुम्हें ताने सुनाएगी
तुम ज़रा सा आगे बढ़ने की कोशिश तो करो
कोई-न-कोई बहाना बनाकर पीछे खींच ले आएगी
यह दुनिया तुम्हारी माँ जैसी बिल्कुल भी नहीं है
जो तुम्हारी हर गलती अपने दामन से छुपाएगी।

झूठी मुसकान के पीछे न जाने कितने-कितने आँसू छुपाए हैं
चमचमाती कामयाबियों के पीछे न जाने कितने काले साए हैं
रात को जागने की वजह इश्क़ ही नहीं
नींद से वो भी डरते हैं, जिन्होंने आँखों में सपनों के शहर बसाए हैं।

फ़ैसला तो वो पहले ही कर चुके थे
हमें तो बस सुनाने आए थे
हँसते तो आजकल किसी और ही के साथ हैं
हमें तो बस रुलाने आए थे।

मेरे पते पर अब कोई पैग़ाम नहीं आता
मेरे घर में अब कोई मेहमान नहीं आता
सबसे दुश्मनी कर ली है मैंने शायद
अब मैं हर किसी की हाँ-में-हाँ नहीं मिलाता।

मैं कविता होना चाहती थी
तुम गणित समझकर उलझते रहे
मैं हक़ीक़त बनना चाहती थी
तुम ख़याल समझकर बदलते रहे।

रेगिस्तान से रूखे एहसास तेरे
फिर भी मुझे बस तेरी तलब है
मैं दरिया प्रेम का बस तेरे लिए
अफ़सोस तेरी प्यास अलग है।

यह 21वीं सदी के लोग हैं
यह 22 को जान कहकर
23 को अनजान हो जाते हैं
24 को आपको किसी और के साथ नज़र आते हैं।

तारीख़ के साथ अख़बार बदलते हैं
गीता और क़ुरान का ज़माना नहीं होता
कृष्ण के बिना भी केवल कृष्ण से प्रेम करें
मीरा सा हर कोई दीवाना नहीं होता।

न हम महफ़िलों में जाते हैं
न हमें ग़ज़लें कहानी आती हैं
हम बस वहीं के हो जाते हैं
जहाँ खुले बहन हमें बुलाती हैं।

~✻~

जिस्म-दर-जिस्म भटक रहे हैं जो इश्क़ का नाम लेकर
इश्क़ उन्हें भी करे बरबाद जा रहे हैं यह बददुआ देकर
हमने तो इश्क़ में मिली बेचैनियों को भी सुकून लिखा है
लिखकर तारीफ़ें हक़ में उसके चले हैं सारे इल्ज़ाम अपने सिर लेकर।

~✻~

गुमशुदा की तलाश जारी है
जब से हो गए हैं हमारे दर से
बेघर से हो गए हैं
हम अपने ही घर से।

~✻~

वक़्त को अपने मैंने कुछ यूँ बदला
उसे एक शख़्स के छोड़कर जाने के बाद
कि सालों बाद भीड़ से उसने मेरा नाम तो पुकारा
पर तालियों की गड़गड़ाहट के बीच मेरे कानों तक न पहुँची उसकी आवाज़।

तुम जिसके इंतज़ार में बैठे हो
वो किसी और के ख़याल में रहते हैं
वो जिसके ख़याल में रहते हैं
वो भी किसी और के इंतज़ार में बैठे हैं।

रात रोने के लिए नहीं, सोने के लिए होती है
तुम हर चीज़ का ग़लत इस्तेमाल क्यों करते हो
जो जा चुका है बरसों पहले रास्ता बदलकर
हर मोड़ पर आज भी उसका इंतज़ार क्यों करते हो।

दशरथ माँझी तो नहीं जो तेरे इश्क़ में पहाड़ तोड़ देंगे,
लेकिन अगर बात है मोहब्बत साबित करने की,
और तू ख़ुश है मेरे बगैर,
तो तेरी ख़ुशी के लिए तुझको ही छोड़ देंगे।

एक भारी पत्थर रखा है सीने पर
और समंदर भरा है जज़्बातों का,
डूबने से बचाने वाला कोई नहीं, पर ये तो बताओ
कि दोष हमारा था या हालातों का?

कल किसी ने प्रेम को साँझ कहा तो किसी ने सहर बता दिया
ठीक उसी वक़्त दिल ने तेरी यादों में एक पहर बिता दिया,
सब कहते रहे प्रेम पर कविताएँ
हमने केवल तेरा नाम लेकर सारे लफ़्ज़ों को बेकार बता दिया।

मैंने उगते-खिलते, बढ़ते हुए फल-फूल और पेड़ों में उगता हुआ जीवन देखा। फिर एहसास हुआ कि कुछ दिन बाद हम इन्हें निगल जाएँगे। हाँ, यही तो करते हैं हम लोग, अपना जीवन सरल बनाने के लिए स्वार्थ में न जाने कितने जीवन हम निगल जाते हैं।

क्यों मुझे किसी की बातों में दिलचस्पी नहीं है,
क्यों मेरी यहाँ किसी से भी बनती नहीं है।
क्यों बेवज़ह से लगते हैं सब,
क्यों नज़रें तेरे सिवा किसी पर भी रुकती नहीं हैं।

मोह किसी से नहीं, मोहब्बत सभी से रखा कीजिए
कमल की तरह खिलने का हौसला लेकर निकले हो
तो कीचड़ भी सँभालकर रखा कीजिए।

क्या अब दिल की बात लिखें, पढ़ने वालों को तो सब कहानी ही लगती है। लिखने वाला ही जानता है कि कितने एहसासों की फिर से चिता जलानी पड़ती है।

अकेलापन कभी-कभी सुकून भी साथ ले आता है,
क्योंकि बातों के कोलाहल में अकसर इनसान चाय का
स्वाद लेना भूल जाता है।

मैंने उससे कहा कि चलो, आज किरदार बदलते हैं,
केवल आज के लिए तुम मैं बन जाना और मैं तुम बन जाती हूँ। सिर्फ़ आज,
तुम जीना सिर्फ़ मेरे लिए और मैं किसी और पर मर जाती हूँ।

अब सारे आम सौदेबाज़ी जज़्बातों की करनी पड़ती है
काग़ज़ से ज़्यादा कालिख चेहरे पर मलनी पड़ती है।

जितनी दफ़ा मैंने ख़ुद बिखर कर रिश्तों को समेटा है,
उतनी ही दफ़ा मैंने ख़्वाहिशों को अपनी कफ़न में लपेटा है।

कह तो दिया अलविदा, पर अब हमारी जान पर बन आई,
क़त्ल हमारा हुआ, गवाह भी हम और सजा भी हम ही ने पाई।

मोहब्बत पर लिखे जितने भी किस्से मशहूर होते हैं,
लिखने वाले के दिल के टूटे हुए हिस्से उनमें शामिल ज़रूर होते हैं।

लबों पर तो सबके एक हल्की सी मुसकान दर्ज़ है,
पर पलकों पर न जाने कौन से भारी ग़मों का कर्ज़ है।

ख़्वाहिश है जो अधूरी रही, मैंने कभी याद नहीं रखी,
लेकिन तुम आख़री थे।

तेरे जाने से दिल पर कुछ ऐसा असर हुआ,
इस दिल तक पहुँचा हर दर्द भी बेअसर हुआ।

जब भी जपूँ मैं कृष्ण-नाम, चेहरा तेरा दिखाई देता है,
पुकारे जब कोई नाम मेरा, मुझे मीरा सुनाई देता है।

जड़ें सड़ चुकी हैं, लेकिन सबको फल बचाने हैं,
मोहब्बत अब एक से नहीं होती, सबके कई दिलों में ठिकाने हैं।

जिसको जितने ज़्यादा मौके दोगे,
उससे उतने ज़्यादा धोखे मिलेंगे।

इतनी कड़वाहट है दिलों में कि अब ज़हर बेअसर हो रहा है,
ख़बरें आग की तरह फैलती हैं और इनसान ख़ुद से बेख़बर हो रहा है।